LENOS POCKET 32

Emily Nasrallah

Septembervögel

Roman aus dem Libanon

Aus dem Arabischen von
Veronika Theis

Mit einem Nachwort von
Hartmut Fähndrich

Lenos Verlag

Arabische Literatur im Lenos Verlag
Herausgegeben von Hartmut Fähndrich

Titel der arabischen Originalausgabe:
Ṭuyûr Ailûl

LENOS POCKET 32

Zweite Auflage 1996

Satz und Gestaltung: Lenos Verlag, Basel
Umschlag: Anne Hoffmann Graphic Design, Basel
Foto: Hartmut Fähndrich
Printed in Germany

ISBN 3 85787 632 8

PROLOG

Jedes Jahr im September fliegen Schwärme von grossen Vögeln mit kräftigem Flügelschlag über unser Dorf. Dann schauen die Leute zum Himmel auf, an dem sich die ersten Wolken gebildet haben, und sehen, seltsam beklommen, den Zugvögeln nach, den „Septembervögeln", wie sie im Dorf genannt werden. Sie kündigen einen neuen Abschnitt im Kreislauf der Zeit an; sie erinnern daran, dass der Winter vor der Tür steht.

Ein Greis hält, auf seinen Krückstock gestützt, mitten auf dem Weg inne, streicht sich über den Schnurrbart und schickt den Vögeln sinnierende Blicke nach. Eine Frau wischt sich die feuchten Hände am Kleid ab, schiebt das verrutschte Kopftuch zurecht und begleitet die Vögel mit zärtlichen Augen. Junge Männer laufen mit ihren Jagdgewehren auf die Felder und die umliegenden Hügel hinaus, um einen Vogel zu erbeuten. Die kleinen Jungen jagen barfüssig den Schatten nach, die über die Dorfstrassen huschen. Mit Steinschleudern zielen sie nach den Vögeln und schimpfen und fluchen bei jedem verfehlten Schuss. Die Mädchen schliesslich fühlen sich mit den Zugvögeln besonders verbunden. Sie werfen ihnen flehende Blicke zu, von denen jeder tausend Bitten und ebenso viele Fragen trägt. Ein paar Tage nur, zwischen dem dritten und dem zehnten des Monats, halten die Dorfbewohner Zwiesprache mit den Zugvögeln. Sie bringen Farbe und Abwechslung in den monotonen Dorfalltag.

Dann setzen die Schwärme ihren Weg in den wärmeren Süden fort. Sie fliehen die bittere Kälte in nördlichen Gefilden; sie fliehen die eisigen Stürme, den kargen Boden. Jedes Jahr nehmen sie dieselbe Reiseroute, der bereits ihre Väter und Grossväter gefolgt sind.

Ein paar Tage lang hängt im Dorf das Reisefieber in der Luft. Es nistet sich ein in Fensternischen und Mauerritzen, dringt in die Adern der Eichen- und Olivenblätter, schwimmt in den Tränen, die in manchem Augenwinkel blinken, und schwingt mit in den Seufzern, die sich der einen oder anderen Mutterbrust entringen. Als spürten die Vögel die Wehmut, die ihre vorüberziehenden Schatten auf die Dächer und in die Gassen werfen, überfliegen sie das Dorf in respektvollem Schweigen. Ihr Aufbruch weckt bei der Bevölkerung Erinnerungen an viele Zugvögel, grosse und kleine Vögel, denen die Enge unerträglich wurde, die die Mauern durchbrochen haben, die durch schmale Luken entkommen und weit fort geflogen sind.

Die Rückkehr der Vögel im Frühjahr wird von den Dorfbewohnern nicht gefeiert. Wenn sie zurückkommen, sind sie nicht mehr dieselben wie im Herbst zuvor. Die Schwärme haben sich aufgelöst. Manche sind in der angenehmen Wärme des Südens geblieben. Viele haben auf der Reise Federn lassen müssen, weil sie unterwegs von Stürmen überrascht oder gegen Felsklippen geschleudert worden sind und dadurch an Kraft eingebüsst haben. So geht im Dorf die Wiedersehensfreude im Abschiedsschmerz unter. Die traurigen Tränen der Sehnsucht überfluten die vereinzelten Freudentränen. Die Menschen im Dorf wenden sich ab, weil ihnen ihre Schwäche zum Bewusstsein kommt, und sie laden ihren Groll auf dem kleinen friedlichen Dorf ab. Das Dorf kann sich weder rächen, noch kann es die Septembervögel daran hindern, an seinem Himmel vorüberzuziehen. Es brütet sie selbst aus, ohne es zu ahnen. Unwillkürlich bestimmt es ihren Lebensweg. Es worfelt ihre Seelen wie die Fellachen den Weizen auf den Dreschböden. Es brandmarkt ihre Gesichter mit einem innigen Kuss, den sie wie ein Mal auf der Stirn tragen. Als Fremde gehen sie in die Welt, schwärmen sie aus in alle Fleckchen der Erde auf der Suche nach dem verlorenen Schatz, der in einem geheimen Winkel ihrer Brust vergraben liegt. Sie spüren, dass es da eine Hand gibt, doch sind zu schwach, die Hand abzuschütteln, die sie irreleitet und sie dem Sein, in dem sie Fremde sind, in die Augen streut. Auf der Suche nach sich selbst und nach dem verlorenen Schatz drehen sie sich immer nur im Kreis.

Diejenigen aber, die zurückbleiben, schauen jedes Jahr im September zum Himmel auf, betrachten die ersten dunklen Herbstwolken und sehen aufs neue den Zugvögeln nach.

Wenn ich hier auf der grünen Veranda sitze, die den Blick auf die warme goldene Küste freigibt, wandern meine Gedanken zu denen, die mir nahe gestanden und mich auf meinem Lebensweg ein Stück begleitet haben. Jedesmal, wenn mein Blick sich in den Schaumkronen verliert, gleite ich zurück in die Zeit, die von den Falten der Erinnerung umhüllt ist wie der Meeresgrund von den silbrigen Wellen.

Viele Jahre sind seither vergangen, Jahre, in denen ich mehrfach versucht habe, an die Vergangenheit anzuknüpfen, doch jedesmal habe ich mich auf einem neuen Fluchtweg wiedergefunden, den mir das Leben vorgezeichnet hat. Meine Blicke wandern aufwärts zu den Flügeln eines einzelnen Vogels und lassen sich mit ihm auf einem weissen Segel nieder, das am fernen Horizont vorübergleitet. Es könnte ein Zugvogel sein, der die Wärme sucht, dort, wo die Segel über rotem Sand flattern. Ist es vielleicht sogar einer der Septembervögel, die ich vom Himmel über unserem Dorf her kenne?

Ja, unser Dorf. Dort haben wir Seite an Seite im Wagen der Zeit gesessen und eine lange, einschneidende Wegstrecke gemeinsam zurückgelegt. Seitdem haben die Herbstwinde uns an Orte geweht, von denen wir damals nicht einmal geträumt haben. Eine drängende Sehnsucht pulsiert durch meine Adern, reisst mich heraus aus der Gegenwart, und ich streife wieder durch die weiten Felder, grabe den Fuss in die rote glühende Erde, hole Wasser an der Quelle, die nahe unserem Weinberg entspringt, und fahre mit der Hand über einen Felsvorsprung. Alles ist noch so, wie ich es verlassen habe. Der Lauf der Zeit kümmert das Dorf wenig. Sie gleitet an seinen harten Felsen ab wie meine Lippen, die in stummer Anbetung über den grauen Stein fahren. Im Westen erstreckt sich der unendliche Horizont, der sich täglich neu mit blühenden Pflanzen aus den Beeten des Dorfes füllen lässt. Im Osten ragt in respektgebietendem Schweigen der Hermon auf. Wenn im Sommer die Sonne auf die braunen Körper in den goldenen Weizenfeldern niederbrennt, spendet sein schneebedeckter Gipfel einen kühlen Wind.

Unwillkürlich fallen mir diese lieb gewonnenen Bilder ein, wenn ich über den eigensinnigen Verlauf des Lebens nachdenke, des turbulenten Lebens hier in diesem Menschengewirr. Manchmal stelle ich mir vor, es wäre ein Ofen, in dem rote, gelbe und blaue Flammen züngeln, die ewig brennen und die Seelen der Menschen einschmelzen, die zuvor in einem grossen Mörser zerstossen worden sind. Dabei fällt mir meine Mutter ein, wie sie an einem durchsichtigen Morgen vor einem solchen Mörser hockt.

Hier fängt der Frühling im März an, wenn unser Nachbar Abu Ilias auf seinem geduldigen Esel ausreitet und die Kühe auf die Weiden treibt. Der stikkigen Zimmerluft entflohen, sitze ich im Nachthemd auf der Steinbank und sauge die morgendlichen Düfte in mir auf. An den Zweigen des Paradiesbaumes in unserem Garten sind die kleinen Leiber der Knospen gerade aufgebrochen. Die Sonne wird wiedergeboren an diesem Morgen, um die Spuren zu tilgen, die von der Kälte der vergangenen Nacht zeugen. Aus dem Innern des Hauses höre ich gleichmässiges dumpfes Klopfen. Meine Mutter knetet den Teig. Ich streife die leichten Sandalen ab und laufe barfuss über den feuchten Boden. Meine Fussohlen drücken ihm heisse Küsse ins Gesicht und bekunden so die Verbundenheit zwischen mir und dieser Erde, die ich liebe. Ihre Gesichter ziehen an meinem geistigen Auge vorüber mit allen Empfindungen, allen Schmerzen, die wir gemeinsam durchgestanden haben. Hinter den Wolken, die sich am Himmel zusammenballen, schauen sie hervor, lachend, traurig, schweigsam, ausgelassen, stirnrunzelnd, beifällig, verlegen – lauter Bilder, die sich in meinem Gedächtnis festgesetzt haben und mich auf meiner langen Reise auf Schritt und Tritt begleiten.

Da fällt mir Mirsal ein. Wo immer Mirsal erschien, wurde es Frühling. Er lag in ihrem strahlenden Lachen, dem langen schwarzen Haar, dem rebellischen, fröhlichen Gang. Gleichzeitig taucht in meiner Erinnerung das Traumbild von Radschi auf, das Mirsal besungen hat. Eines ihrer Lieder habe ich gerade jetzt im Ohr:

„Mein Geliebter ist braun und schön,
es gibt keinen Mann wie ihn.
Seine Augen erzählen vom Frühling
und den Weiden an den Ufern unserer Flüsse.
Unerschütterlich wie ein Berg
ist mein Geliebter
und stark wie eine Eiche sein Arm.
Sein weiches Herz aber liebt nur mich."

Arme Mirsal! Sie kannte so viele Lieder. Oft hat sie, wenn wir still beisammen sassen, gesungen und leise Stosseufzer ins nahe Wadi ausgesandt.

Ich denke auch an Angelina, unsere alte Nachbarin. Ich sehe sie vor mir, wie sie mit gekreuzten Beinen auf ihrer alten Matratze vor der Tür sitzt, im Sommer die Fliegen fortwedelt und im Winter die Regentropfen zählt. Doch Angelina war mehr als nur eine alte Frau, die auf ihrer Zunge herumkaut und ausrechnet, wie viele Tage ihr vom Leben noch bleiben. Sie war die Uhr, die auf den Falten ihres runzligen Gesichtes den Wandel der Zeit anzeigte. Ob sie wohl noch immer auf ihrer zerschlissenen Matratze hockt?

Mariam und Fawas kommen mir in den Sinn und Nadschla und Kamal. Wohin haben die Träume geführt, die wir auf unsere Felder gesät haben?

Wild pfiff der Wind, wie immer, wenn es in diesen Bergtälern stürmt. Kahle Bäume wurden zerschmettert, Äste abgebrochen und mit den Wasserfluten hinunter ins Wadi gerissen. Damals dachten wir noch nicht über die Zeit und ihre Vergänglichkeit nach. Eines Sommerabends sassen wir zusammen auf dem Dreschboden. Während ich zusah, wie die Forke das Stroh worfelte und gegen den Wind warf, fielen mir Mirsals traurige Augen auf, die nachdenklich zum Friedhof oberhalb der Tennen hinüber blickten.

Das Dorf hält alles fest, selbst die Toten. Es weigert sich, sie ins Jenseits zu befördern. Im Schatten einer uralten Eiche liegen sie auf ewig unter seinen Fittichen. Wenn wir ein paar Jahre im Schosse des Dorfes gelebt haben und uns entschliessen, von seinen Mauern Abschied zu nehmen, so trägt es unsere Namen in seine alten Chroniken ein und brandmarkt unsere Herzen mit glühenden Eisen, so wie jene, die Umm Mansur, die Hebamme, verwendet, um bösartige Krankheiten zu heilen. Der glühende Funken brennt im Herzen weiter und könnte auch durch die Rückkehr ins Dorf nicht gelöscht werden, denn dahin, wo wir gestern waren, kehren wir niemals zurück. Die verzauberten Abende im Mondschein auf den Hausdächern, die kostbaren Stunden auf den Feldern, in den Weinbergen und Olivengärten gehören für immer der Vergangenheit an.

Es war ein ruhiger Morgen. Ich tat so, als ob ich noch schliefe, damit meine Mutter mich nicht aus meinen Träumen riss. Diese wenigen Minuten am Morgen genoss ich als die schönste Zeit des Tages. Ich schwang mich aus meinem Erdenkäfig auf in die Lüfte und flog in weit entfernte Länder. Meine Träume und Gedanken waren allerdings vom Horizont des Dorfes begrenzt. Die strengen Sitten bildeten unüberwindliche Mauern, die mein Verhalten in genau vorgeschriebene Bahnen lenkten. Ich entwickelte mich ganz nach Wunsch und tat, was von mir erwartet wurde. Nur hin und wieder befiel mich eine unbezähmbare Widerspenstigkeit wie eben an diesem Morgen. Mein Bruder packte gerade die Koffer, um eine weiterführende Schule zu besuchen. Warum durfte er ausfliegen, einfach so, ohne Wenn und Aber? Warum musste ich in diesen engen Mauern meine Hoffnungen begraben und all meine Sehnsucht im Staub wälzen? Ich schob die Hand unter das Kopfkissen und tastete nach dem Buch, das darunter lag, nichts von Belang, aber immerhin eines der wenigen Bücher, die ich bei einer Freundin zu Hause hatte auftreiben können. Jetzt musste ich jedoch auf die Lektüre verzichten, denn morgens gab es immer viel zu tun. Eilig schlug ich die schwere Bettdecke zurück und warf mir den Morgenmantel über, um bei der Vorbereitung des Frühstücks und meinem Bruder beim Kofferpacken behilflich zu sein.

Ein angenehmer Wind strich mir über die Haut, und mein Blick fiel aus dem kleinen Fenster neben meinem Bett. Es war Anfang Oktober. Dunkle Wolken krönten das Hochland über unserem Dorf, und die Bäume streiften allmählich ihr Laub ab. Oktober. Immer wenn ich die gelben Blätter sehe, wie sie hilflos durch die Luft treiben und am Boden zertreten werden, fühle ich mich zutiefst beklommen. Werden wir eines Tages auch so enden?

Zögernd stieg die Sonne hinter dem Hermon auf. Durch die leise Traurigkeit hindurch, die mich gefangen hielt, drang die Stimme meiner Mutter an mein Ohr: „Muna, beeil dich. Komm und verabschiede dich von Samir. Hast du vergessen, dass er heute zur Schule fährt?" Diese Stimme hat mich immer begleitet. Meine gute, schöne Mutter. Nein, ich habe es nicht vergessen. Alles, nur das nicht. Ich wünschte, ich könnte mit ihm gehen, in die grosse Schule, wo ich ins Meer meiner Träume eintauchen und den Heisshunger meines Herzens stillen würde. Doch hohe Mauern aus Sitten, Bräuchen und althergebrachten Meinungen hinderten mich daran.

„Zuviel Wissen verdirbt die Mädchen bloss!" erklärte Hanne gern und häufig, wenn meine Mutter in Hörweite war. Doch sogar Mirsal, meine beste Freundin, sperrte den Mund weit auf, als ich ihr meine geheimen Wünsche anvertraute. „Aber was werden die Leute sagen? Willst du etwa allein in der Stadt leben wie ein Mann? Das meinst du doch nicht ernst, Muna!" Ich begriff nicht, wie Mirsal so denken konnte. Wie hatten sie es fertiggebracht, sie soweit zu überzeugen, dass sie mit ihren Augen sah und mit ihrer Zunge sprach?

Ich ging auf Samir zu, gab ihm einen Abschiedskuss auf die Wange und flüsterte ihm ins Ohr: „Wenn ich doch mit dir gehen könnte, Bruderherz."

Der Wagen fuhr mit ihm ab, weit fort von uns, und ein Stück von mir begleitete ihn auf dem Weg, den ich selbst so gern gegangen wäre.

Die Stimme meiner Mutter rief mich zurück in die Wirklichkeit: „Mirsal wartet an der Quelle auf dich. Sie hilft uns heute bei der Weinlese." Im selben Moment kam Mirsal jedoch auf unser Haus zu. „Ich wollte nicht vor dir im Weinberg sein, Muna. Darum hole ich dich lieber hier ab." Dann trat sie nahe an mich heran und flüsterte mir ins Ohr: „Radschi soll übrigens heute auch bei der Weinlese sein." Ich musste lächeln. Das also war der geheime Grund, warum Mirsal uns so eifrig ihre Hilfe anbot.

Mein Vater hatte dem Esel schon zwei Holzkisten auf den Rücken geschnallt und die Körbe für uns bereitgestellt, während meine Mutter noch den Proviant herrichtete. Geduldig trottete der Esel auf dem unwegsamen Bergpfad vor uns her. Ausser den Grüssen, die wir mit den Leuten wechselten, die wie wir zur Weinlese gingen, sprachen wir unterwegs nur wenig. In Mirsals Augen lag eine drängende Sehnsucht, mit der sie Ausschau nach Radschi hielt. Als wir an seinem Weinberg vorübergingen, ohne eine Spur von ihm zu entdecken, erstarb das Leuchten auf Mirsals Gesicht. „Warum ist er nicht da?" stammelte sie. „Gestern hat Hanne doch alle aufgezählt, die heute zur Weinlese gehen, und Radschi war dabei. Das habe ich genau gehört."

„Hab doch ein wenig Geduld, Mirsal. Es ist noch früh am Morgen."

„Muna, bitte nimm's mir nicht übel, aber du bist die einzige, der ich mich anvertrauen kann. Ich liebe ihn, Muna. Ich träume täglich von ihm. Nur Träume. Ich würde es niemals wagen, mit ihm zu reden. Du weisst ja, wie streng mein Vater ist."

Kristallene Tropfen bildeten sich in Mirsals Augen. Sie wischte sie mit dem Ärmel fort. Wir nahmen unsere Körbe und gingen in eine Ecke, von der aus wir Radschis Weinberg überblicken konnten.

Ich hockte mich auf die weiche Erde und fing an, die goldenen Trauben von den Reben zu schneiden. Mirsals Hände halfen mir bei der Arbeit, aber ihre Augen hingen an dem benachbarten Feld.

Plötzlich stand Radschi vor uns, gross und mit strahlendem Lächeln. „Guten Morgen, ihr beiden."

„Hallo Radschi", antwortete ich. „Fängst du auch heute mit der Lese an?"

„Nein, Muna, wir haben die Lese auf morgen verschoben."

Mirsal fiel die Traube aus der Hand, als sie Radschi vor sich stehen sah. Sie strich sich eine widerspenstige Locke aus der Stirn und machte sich ohne ein Wort wieder an die Arbeit.

„Wie geht's, Mirsal?" fragte Radschi leichthin.

„Danke gut, und dir?"

„Ausgezeichnet, besonders, wenn ich dich sehe."

Da huschte ein scheues Lächeln über Mirsals Gesicht.

„Wir werden den Weinberg verkaufen", sagte Radschi wieder zu mir gewandt. „Leider ist es dann mit unserer guten Nachbarschaft vorbei, Muna. Ach, da kommt ja dein Vater. Einen schönen guten Morgen, Abu Samir."

„Guten Morgen Radschi, Gott segne dich."

Mirsal unterdrückte einen Seufzer, mit dem sie sich beinahe verriet, und flüsterte mir ins Ohr: „Aber warum will er denn verkaufen? Geldsorgen hat er bestimmt keine."

Schon wollte ich ihn danach fragen, aber dann fand ich doch nicht den Mut dazu und schwieg. Radschi nahm den vollen Korb und leerte ihn auf dem Hügel aus, wo sich die goldenen Trauben häuften. Nachdem er noch ein paar Worte mit meinem Vater gewechselt hatte, ging er durch die Weinstöcke davon.

Ich respektierte Mirsals Schweigen und wartete, bis sie wieder das Wort ergriff. Während sie weiterarbeitete, fielen ihr ein paar Tränen, die sie trotz aller Bemühungen nicht zurückhalten konnte, auf die reifen Beeren.

„Muna, ich habe Angst", hörte ich ihre Stimme sagen. „Ich fürchte, mit diesen glücklichen Momenten ist es bald vorbei. Radschi ist die Hoffnung, die mich am Leben hält. Dem Licht und der Wärme, die er ausstrahlt, verdanke ich es, dass ich diese eintönigen Tage überhaupt durchstehe. Ich habe noch nie mit ihm gesprochen, darum weiss ich nicht, was er wirklich für mich empfindet. Ich würde mein Leben dafür geben, wenn ich nur einen Augenblick mit ihm allein sein könnte. All meine Hoffnungen und Empfindungen laufen auf diesen Punkt hin. Ich liebe ihn, und er liebt mich auch, das habe ich seinen Augen abgelesen. Gestern habe ich ihn auf der Strasse getroffen. Da habe ich etwas ganz Unverschämtes und Waghalsiges riskiert. Ich bin nicht wie sonst seinem Blick ausgewichen, sondern habe ihm direkt in die Augen gesehen. Ich wollte endlich eine Antwort auf meine Fragen haben. Sein Blick hat mich innerlich völlig aufgewühlt und das Blut in meinen Adern in Wallung gebracht. Ich konnte die Augen nicht von ihm losreissen und habe ihm so meine Liebe verraten. Ein einziger Blick, Muna, hat Bände gesprochen. Ich habe ihm alles gesagt, habe ihm die brennende Sehnsucht in meiner Brust offenbart, das verzweifelte Zittern meiner Hand, die Glut auf meinen Lippen. Du kennst das ja aus den Liebesromanen. Jetzt schlage ich für dich einen neuen Roman auf. Ich bin ein offenes Buch für dich, Muna. Bitte, sieh mich nicht so an. Du bist stärker als ich und schüttest nicht so leicht dein Herz aus, aber hast du schon einmal geliebt?"

Habe ich geliebt? Habe ich jemals ohne Liebe gelebt? Ach, die gute Mirsal. Ich fuhr mit der Arbeit fort, und der Saft der Trauben rann mir über die Hände. Heiss brannte die Sonne auf uns nieder, aber mit zunehmender Hitze arbeitete ich umso hartnäckiger. Ich fuhr mit den klebrigen Händen durch die heisse rote Erde und rieb sie aneinander ab. Das Zwitschern des Bienenfressers zerriss die Stille. Er sass im Feigenbaum, pickte nach den reifen Früchten und legte sich so einen Vorrat an Wärme und Liebe an, bevor die Winterstürme ins Land brachen.

Ich habe viel geliebt, Mirsal. Die Liebe ist die Quelle der Stärke, die du an mir so bewunderst. Die Traubenpresse ist nur im Herbst in Betrieb. In meinem Herzen aber arbeitet unablässig eine Presse und produziert Liebe. Du und ich, wir hatten nur eine unterschiedliche Art zu lieben, Mirsal.

Jedesmal, wenn ich über die Gehwege der asphaltierten Strassen der Stadt laufe, wird das Pochen in meinen Ohren lauter und erinnert mich daran, dass ich hier fremd bin und bleibe. Taumelnd setze ich meinen Weg fort auf der Suche nach einem Gesicht aus der Vergangenheit, einem, das sich von der Gesichterflut abhebt, die aus den grossen, engen Wohnblocks hervorquillt, wo die Menschen immer kleiner werden, so klein, dass sie schliesslich in Konservendosen Platz finden können. Ich schliesse die Augen, um ihre Stimmen zu hören. Sie brechen durch die vom Staub der Zeit bedeckten Mauern an mein Ohr, so wie der Weizen die Erdkruste durchbricht, um dem Leben seine grünen Lieder vorzusingen.

Mirsals Frage schlägt eine Brücke und verbindet mich mit jener vergangenen Zeit, die ich mir mit aller Macht wieder zu vergegenwärtigen suche. Ich komme mir vor wie ein Bildhauer vor einem zusammengestürzten Standbild, der die Bruchstücke der geliebten Figur aufliest, um sie wieder zusammenzufügen.

Selbstvergessen stand ich vor dem kleinen Spiegel, der in meinem Zimmer an der Wand hing und betrachtete mein Gesicht. An einem gottverlassenen Ufer schlug das traurige Schweigen seine Zelte auf. Innerlich aufgewühlt und einsam flüchtete ich aus dem dunklen Zimmer auf den Weg hinaus in den nahen Olivenhain. Ich lief zwischen den Steinhaufen hindurch, holte mir staubige Füsse und träumte von der Liebe. Sie war ein Lied der Phantasie, das ich mit den Vögeln sang und mit den schwermütigen Ölbäumen. Meine Vorstellungswelt war gepflastert mit derartigen Bildern. Immer wenn ich mich beengt fühlte oder nahe daran war, alle Hoffnung zu verlieren, nahm ich Zuflucht zu meinen Traumbildern. Was das Leben und die Liebe anging, so hätte ich von meiner Mutter keinerlei Unterweisung gebraucht. Und doch haben sich ihre und alle anderen Lektionen, die mir erteilt wurden, in mir niedergeschlagen. Schicht um Schicht haben sie sich abgelagert wie die Sedimente an den steilen Ufern des kleinen Flusses, der durch unser Wadi fliesst, und haben sich zusammengefügt zu diesem Wesen, diesem Ich. Die Aussprüche meines Vaters, seine strengen, konservativen Ansichten in bezug auf das Leben und die Menschheit im allgemeinen und seine Tochter im besonderen, habe ich mit der Hand aufgelesen wie die bunten Steine im Feld. Ich kann ihn geradezu vor mir sehen. Mit gekreuzten Beinen sitzt er auf dem dicken Polster neben der Feuerstelle, zündet sich eine Zigarette an und sagt mit mahnender Stimme: „Ein ehrbares Mädchen verkehrt nicht mit jungen Männern und sieht ihnen nicht ins Gesicht." „Ganz recht", pflichtet ihm meine Mutter bei. „Gestern hast du Radschi lange angesehen. Das gehört sich nicht für ein anständiges Mädchen, Muna."

Und meine Lehrerin, ob sie wohl immer noch dieses erdrückende Leben führt und ihre psychische und physische Verbitterung in Ratschläge und Ermahnungen umsetzt? Dazu die Mahnpredigten des Priesters mit seiner philosophischen Ausdrucksweise: „Der Mensch ist ein sündhaftes Geschöpf, und die Liebe ist eine Todsünde." Sündhaft. Das Wort ist mir im Gehirn festgefroren, genau so, wie es an jenem kalten Morgen aus seinem Mund kam. Ich schwebte mit den Weihrauchwolken in die Höhe, berührte beinahe die Allmacht Gottes, als die Stimme des Priesters sich der göttlichen Ruhe mitten ins Herz bohrte. Jedesmal wenn ich später herauszufinden versuchte, was das Wort „sündhaft" nun eigentlich bedeutete, wurde ich wieder von demselben Nichtbegreifen blockiert wie in eben jenem Augenblick. Wie kann der Mensch sündhaft sein? Was an mir ist sündhaft, wenn meine Knie auf dem kalten Stein liegen und mein Herz in aller Unschuld darum bittet, in den Himmel hinaufsteigen zu dürfen? „Die Sünde aber besitzt drei Gesichter", fährt der Priester fort. „Das Reden, das Handeln und das Denken ..." Daraufhin habe ich mir, wenn ich in einer Mondscheinnacht ein Liebeslied begleitet von einer Rohrflöte hörte, die Ohren zugestopft, damit ich nicht der

Sünde verfiel! Derlei Aussprüche haben jeden Augenblick meines Lebens geprägt und jegliche körperliche oder auch nur gedankliche Ausschweifung im Keim erstickt. So habe ich mir schon früh eine Welt aufgebaut, zu der ihre Ermahnungen keinen Zugang hatten und in der mich ihre Missbilligung nicht treffen konnte.

„Die Liebe", sagte Angelina, „ist ein Feuer, das den Menschen verbrennt ... oder wisst ihr nicht, wie es Mariam ergangen ist?"

Ich bin ständig auf dieses Feuer zugegangen und habe mir die Finger verbrannt im Lichtschein eines lieben Gesichtes, das die Erbarmungslosigkeit meiner realen Welt aufhellte.

Mariam, wie könnte ich dich vergessen? Deine Geschichte ist ein Alptraum, der meine Kindheit und Jugend begleitet hat. Nun versuche ich, sie wieder zusammenzusetzen, dein Gesicht nachzuzeichnen und der Öffentlichkeit zu zeigen. Ihre Anteilnahme kann mir vielleicht einen Stein von der Seele nehmen.

Es ist nicht ganz einfach, die Geschichte nach so langer Zeit wahrheitsgemäss wiederzugeben. Auch habe ich sie nicht aus deinem eigenen Mund gehört. Angefangen hat sie für mich an einem Tag während der Weizenernte. Hanne und ich arbeiteten zusammen draussen auf dem Feld. Mit meinen kleinen Händen bündelte ich die Ähren, sah hin und wieder einen Blutstropfen aus meiner Handfläche fallen und träumte von einem schattigen Baum und einem kühlen Schluck Wasser. Heiss brannte die Sonne auf meinen schweissgebadeten Körper, und an meinen Armen und Beinen klebte die rotbraune Erde.

Unser Leben war stark geprägt von der Anteilnahme an allem, was im Dorf vor sich ging. Eine neue Geschichte, die in den folgenden Monaten zum Dorfgespräch werden und die Bewohner in ihrem Bann halten sollte, hörte ich an diesem Tag von Hanne:

„Fawas liebt Mariam ...”

Das Dorf lebt von der Liebe. Es erfährt sie zu jeder Jahreszeit, und doch weigert es sich, sie zur Kenntnis zu nehmen. Als Mariams Vater von der Geschichte erfuhr, schloss er seine Tochter im Haus ein.

„Ob er sie wohl Fawas zur Frau geben wird?” fragte Hanne zum Abschluss ihres Berichts, während wir auf der weichen Erde hockten und unseren Proviant auspackten.

Fawas – Mariam ... Mariam – Fawas ... die beiden Namen verschlangen sich ineinander, ein Feuer entzündete sich, und die Geschichte wurde an lauen Sommerabenden unzählige Male wiedergekäut. Auf der Steinbank vor Angelinas Haus traf die Nachbarschaft zusammen, und Hanne schürte das Feuer: „Einmal muss es ja gesagt werden ... also, ich für meinen Teil finde nicht, dass sie was Besseres ist als er ... aber er sollte erstmal was Anständiges arbeiten ...”

„Seine Mutter kann froh sein, dass sie gestorben ist, als er noch klein war ...” meinte Umm Salim und schob sich das Kopftuch über dem grauen Haar zurecht.

„Ich finde, dass Mariams Vater sich nicht richtig verhält”, räusperte sich Abu Ilias, einer der Dorfältesten. „An seiner Stelle würde ich den beiden meinen Segen geben und hätte meine Ruhe.” Dass er sich bei Mariams Vater bereits vergeblich für Fawas eingesetzt hatte, erwähnte er nicht. Als er auch nur den Namen Fawas hörte, war Mariams Vater so wütend geworden, dass er drauf und dran gewesen war, die Wohnungseinrichtung zu zertrümmern. „Fawas?" hatte er gebrüllt. „Diesem Hund soll ich meine Tochter geben? Wie kann er es wagen, sie auch nur anzusehen? – Du, Abu Ilias, alter Freund, du weisst, dass ich grosse Hochachtung vor dir habe, aber das kommt überhaupt nicht in Frage ... auf gar keinen Fall."

„Aber er liebt sie", hatte Abu Ilias als letztes Argument vorgebracht, mit dem er Mariams Vater doch noch zu überreden hoffte, „und sie liebt ihn, und ..." Doch er war ihm ins Wort gefallen: „Liebe? Was weiss so ein Hund schon von Liebe? Einer, der sein ganzes Leben in der Gosse zugebracht hat ... der sollte erstmal was Anständiges arbeiten und fremde Mädchen in Ruhe lassen."

„Und führe uns nicht in Versuchung!" betete meine Grossmutter an diesem Abend mit besonderer Inbrunst.

Lange verfolgte mich die Geschichte und liess mich auch nachts keine Ruhe finden, weil mir ständig die eine brennende Frage im Kopf kreiste: „Was haben Mariam und Fawas Böses getan? Ist Liebe sündhaft?"

Fawas' Mutter war wenige Stunden nach seiner Geburt gestorben, darum hatte er ohne die Liebe einer Frau aufwachsen müssen. Sein Vater bekleidete als Wächter der Felder und Weinberge keine besonders angesehene Stellung im Dorf. So fristete Fawas ein Leben am Rande der Gemeinschaft, ernährte sich von den Brotkrumen, die der Vater ihm abends heimbrachte, und der spärlichen Zuwendung, die er bei den Frauen in der Nachbarschaft ergattern konnte. Einsamkeit und Härte hatten seine Kindheit und Jugend geprägt, bis er eines Tages zufällig auf einem Feldweg Mariam begegnete. Sie setzten sich am Wegrand nieder, und er vertraute ihr seinen Schmerz und seine Träume an. Er offenbarte ihr den Fawas, den im Grunde niemand kannte. Da kamen Mariam die Tränen. Sie tropften geradewegs in seine offenen Wunden. Mit verschleiertem Blick streckte er die rauhe Hand aus und wischte ihr die Tränen von den Wangen. Die flüchtige Begegnung am Feldrand hatte für die beiden jungen Menschen tiefgreifende Veränderungen zur Folge.

Böse Augen aber hatten die Szene bemerkt und eine verzerrte Darstellung von dem zarten Bild an die staubigen Steinmauern in den Gassen des Dorfes geklebt. Diese Darstellung schlug sich auf mein Leben nieder und schränkte meine Bewegungsfreiheit spürbar ein.

Ich erinnere mich, wie Mariam eines Tages an unsere Tür kam und mich zu einem Spaziergang abholen wollte. Aber meine Mutter verbot mir, mit ihr zu gehen. „Du bist kein leichtfertiges Mädchen", lautete ihr Argument. „Du bist anders als die andern." Diese Meinung hat wohl jede Mutter von ihrer Tochter.

Die Ansichten meiner Mutter beeinflussten mein Verhalten so, dass ich schliesslich tatsächlich „anders als die andern" wurde. Ein Trauerschleier legte sich über meine Seele, und ich lenkte meine Schritte in die unwegsamen Pfade der Einsamkeit.

Meine Mutter konnte nicht begreifen, warum ich mich bei der Hochzeit meines Cousins Saad zurückzog und weinte. Das ganze Dorf jubelte und sang und lebte tagelang vom glücklichen Morgen bis in die träumerische Nacht in einem Freudentaumel. Die ganze Atmosphäre kam mir vor wie eine bunt schillernde Seifenblase, und ich wandte mich so weit wie möglich davon ab. Mein Vater tanzte im Kreis der Männer und stampfte ausgelassen mit den Füssen auf den Boden. Die Mädchen hakten einander unter, sangen und stiessen Freudentriller aus, und von weitem sah ich, wie meine Mutter, von einer Welle der Begeisterung erfasst, strahlend Beifall klatschte. Es war, als hätten sie im Überschwang alle den Verstand verloren. Da flüchtete ich auf mein Zimmer und brach in Tränen aus. Immer wenn ich Jubel und Gesang höre und erlebe, wie Menschen vor Übermut hysterisch werden und die Zeit missachten, die ihnen auflauert, ballt sich die Trauer über mir zusammen wie eine dunkle Wolke. Bei den jungen Männern entdeckte ich Fawas. Ich sah, wie sehr er sich darum bemühte, in der geselligen Runde Aufnahme zu finden, doch der Kreis spie ihn geradezu aus. „Na, wo hast du denn Mariam gelassen?" riefen sie ihm mit boshaftem Augenzwinkern zu und: „Demnächst feiern wir wohl deine Hochzeit, was, Fawas?" „Fawas, jetzt zeig mal, was du für ein Kerl bist!"

Nach und nach zogen sich die Leute zurück und rafften die Überreste ihrer Ausgelassenheit zusammen, um sie in ihren engen Behausungen bis zum nächsten Anlass aufzubewahren. Nur ein paar Unermüdliche sassen noch hier und da auf einem Balkon oder Hausdach beieinander, als plötzlich Schüsse durch die Luft gellten und der Schrei einer Frau die Schleier der Nacht zerriss. Dann wurde es überall still.

Sie war tot.

Mariam war tot.

Fawas hatte sie getötet.

Das Ende der Geschichte einer ungebührlichen Liebe ist mit wenigen Worten erzählt. Durch das lange Warten an den Rand der Verzweiflung getrieben, hat Fawas bei dem Hochzeitsfest die Fassung verloren. Abu Hani sagt, er habe sich bei ihm zwei Flaschen Anisschnaps gekauft und im Laden auf einen Zug geleert. Dann habe er Mariams Namen gebrüllt und sei zu ihrem Haus hinüber gelaufen. Unzählige Male soll er das Haus umkreist haben. Einige wollen gesehen haben, dass er in Tränen ausgebrochen sei, sich das Gesicht mit Staub bedeckt und mit beiden Fäusten gegen die Hausmauern getrommelt habe.

Als Mariam ihn hörte und den Kopf aus dem Fenster streckte, um nachzusehen, wer da nach ihr riefe, nahm er den Revolver und schoss auf sie.

Eine ganze Weile blieb die Tote blutüberströmt in der engen Gasse liegen, und die Leute starrten sie nur fassungslos an. Und über dem allgemeinen Getuschel schrie eine Stimme gequält auf: „Meine Tochter!"

Als es am frühen Morgen an der Haustür läutete, blieb meine Grossmutter, die sonst sofort hinlief, um nachzusehen, wer da sei, in ihrem Bett liegen. Die Glocke läutete sich geradezu die Seele aus dem Leib. Ihr schriller Ton bohrte sich mir ins Ohr, durchsetzt vom Trommeln der Regentropfen auf der Fensterscheibe und dem Heulen des Sturmes, der über die Felder fegte. Über allem lag der Tod. Die engen Gassen blieben menschenleer an diesem schwermütigen Morgen. Nicht einmal die vorüberstampfenden Hufe der Rinder waren zu hören. Nur hin und wieder sah ich eine Schar in Schwarz gehüllter Frauen schweigend vorbeiziehen wie ein Krähenschwarm.

An der Wegbiegung tauchte Mirsal auf: Geduckt kam sie durch den strömenden Regen angelaufen. Ich riss das Fenster auf, um sie zu rufen, da schlug mir scharf der Erdgeruch entgegen, und die tiefhängenden grauen Wolken legten sich drükkend auf meine Brust. Die Ölbäume liessen niedergeschlagen die Zweige hängen, während die roten Ziegeldächer unter der morgendlichen Wäsche heiter glänzten. Mirsal fiel mir um den Hals und drückte mit beiden Händen meine Hand, so dass mir vor Bangigkeit ein kalter Schauer über den Rücken lief. Ein frostiger Wind wehte durch das geöffnete Fenster herein und trug uns die Klagerufe der Frauen zu.

Wenn man in einem kleinen Dorf dem Leben in den Schoss fällt, so ist man mit jedem Nerv dieses Dorfes verbunden. Man lebt in den Wurzeln der gewaltigen Eiche, in den Knospen der Mandelbäume, in den grünen Wogen der Felder, in den Menschen, die sich einander anschliessen, um aneinander Halt und Stütze zu finden wie die Mauern eines Hauses. Wenn aber der Lebensweg eines Menschen zu Ende ist und ein heftiger Sturm ihn dem Erdreich entreisst, so werden auch die Wurzeln mit ausgerissen, die sich im Boden des Dorfes mit dem Wurzelwerk der anderen verschlungen haben.

Als sich die Leute an jenem Tag zusammenfanden, um Mariam zu Grabe zu tragen, spürte jeder das Loch, das von einer störrischen Wurzel herrührte, die Mariam mit ins Jenseits genommen hatte. Im Hof und auf dem Dorfplatz hatten sich die Männer versammelt und stimmten mit ernsten Mienen mal wohlklingend mal misstönend eine um die andere Trauerweise an. Ihr Gesang war eine Aufforderung an die Natur und ihre Geschöpfe, den Schleier des Schweigens zu zerreissen. Und wenn sie innehielten, um Atem zu schöpfen und sich den Schweiss vom Gesicht zu wischen, konnte man die Klagelieder der Frauen hören.

Mirsal wollte eine Rose auf Mariams Sarg legen.

Als wir die grosse Halle betraten, in der ihr Leichnam aufgebahrt war, geriet unser Schritt unwillkürlich ins Stocken. Ich hörte Mirsal aufschluchzen und spürte die Tränen, die mir in die Augen stiegen und über die Wangen liefen. In weiter Ferne lag Mariam, reglos, wie hinter einer Wand, in der schwermütigen Welt des Schweigens. Wie sie im Tod aussah, daran erinnere ich mich nicht mehr. Vielmehr sah ich den Sarg grösser und grösser werden, bis er fast die ganze Halle einnahm. Immer dicker wurden seine hölzernen Wände und entfernten den leblosen Körper immer weiter von meiner Welt ... immer schneller rückten sie vor und schlugen eine tiefe Kluft zwischen Leben und Tod. Der Sarg pflügte durch die Erde, unter der Eiche und zwischen den Ehrfurcht gebietenden Gräbern hindurch. Der Boden tat sich einen Spalt breit auf, der Spalt wurde grösser, doch es gelang ihm nicht, den geschlossenen Kasten zu verschlingen.

Damit kehrte ich in die Wirklichkeit zurück, lief ziellos durch die lärmende Halle und betrachtete die fahlen, kalten Gesichter, Gesichter, über die der Tod gefahren war und auf denen seine scharfen Krallen Spuren hinterlassen hatten. Mariams Mutter raufte sich das Haar und wiegte mit dem Kopf hin und her, als hätte sie die Kontrolle über ihn verloren. Hinter ihr stand das Klageweib des Dorfes, Naima, die ihr ganzes Können und Geschick einsetzte, um den Tränenstrom nicht versiegen zu lassen. Immer wenn die Totenklage abzuebben drohte, liess Naima ihren erfahrenen Blick über die Schar der Frauen schweifen, nahm zielsicher die sensibelsten von ihnen aufs Korn und erinnerte in ihrem Klagegesang an deren Verstorbene. Damit hatte sie jedesmal Erfolg. Sofort erhoben sich Stimmen aus verwundeten Herzen, welche die Trauer versengt hatte. Auch wusste das Klageweib geschickt, Gegensätze miteinander in Verbindung zu bringen, indem sie Mariams als Braut gedachte.

Das ganze Bild mit seinen düsteren Farben, mit dem Schweissgeruch, den die emotionsgeladenen Körper absondern, ist mir noch vollkommen gegenwärtig. In ihm steckt alles, was die orientalische Gefühlswelt ausmacht, losgelöst von jeder Logik und Vernunft.

Mirsal und ich flohen von der Trauerstätte und liessen den Höllenofen hinter uns, um die Luft des Lebens draussen zu atmen. Auf den Nachbardächern lungerten ein paar Kinder herum. Mehrmals im Jahr wiederholt sich eine solche Szene, und jedesmal stehen die Kinder dabei und nehmen gemeinsam mit den Erwachsenen Abschied vom Leben.

Ich lief ins hinterste Zimmer des Hauses und schloss alle Fenster, um den klagenden Stimmen zu entgehen, doch sie zerrten beharrlich an meinen Nerven und pfiffen mir ins Ohr wie ein Orkan.

„Was für ein abscheulicher Anblick ...", stammelte Mirsal. „Vom Feuer der Liebe steigt durchsichtiger Rauch auf, rosig und blau. Heute aber hing eine dicke schwarze Wolke über der Erde, vor meinem Gesicht und hat mir die Sicht genommen ... Ist Mariam wirklich tot? Hat die Liebe sie getötet? Hat Fawas sie tatsächlich umgebracht?" Mirsal zitterte. Ihre Augen waren weit aufgerissen, und ihr Gesicht bekam einen wilden Ausdruck. „Radschi wird das Dorf verlassen", kam es zögernd von ihren Lippen, während ihr Blick durch das Fenster glitt und sich irgendwo in der Ferne am Horizont verlor. „Er wird mich verlassen, Muna. Ich werde mich wohl in meine Träume einmauern und mein weiteres Leben im Grab der Illusionen fristen. Gestern ist er bei uns gewesen, um es mir zu sagen. Es war furchtbar hart! Er stand vor der Tür und fragte nach meinem Vater. Die beiden haben sich dann eine ganze Weile über die Olivenernte unterhalten. Ich habe ihnen den Rücken zugedreht und gebügelt, bis mein Vater vom Nachbarn hinausgerufen wurde und uns für kurze Zeit allein liess. Da hat er mich angesprochen. Ich bin völlig erstarrt. Meine Finger lagen ganz steif auf dem warmen Hemd. Und dann habe ich ihm ins Gesicht gesehen. In meinen Augen lag meine Seele offen vor ihm. In dem Moment hatte ich nur einen Wunsch, dass er auf mich zukäme, mich in die Arme nähme und mir all die Dinge ins Ohr flüsterte, nach denen ich mich sehnte. Stattdessen hat er mir eröffnet, dass er fortgehen würde. 'Mirsal', hat er gesagt, 'es wird mir zu eng hier im Dorf. Ich habe beinahe das Gefühl zu ersticken. Auch wenn es meinem Vater das Herz bricht, ich muss einfach hier raus.' Mechanisch haben sich meine Hände wieder in Bewegung gesetzt und weitergebügelt wie zwei Maschinen, die mit meinem Körper überhaupt nichts zu tun haben. Und wie von Ferne klang seine Stimme zu mir herüber. 'Nur Mut, Mirsal. Das ganze Leben liegt vor dir und lädt dich ein, seinen Reichtum auszukosten. Du wirst sicher noch vielen Männern begegnen. Einer wird dich vielleicht mehr lieben, als ich es tue. Erschrick nicht, wenn ich dir sage, dass ich dich liebe. Doch nein, das weisst du längst. Was auch geschieht, du wirst mir immer die schönste Erinnerung bleiben. Und du, Mirsal, vergiss nicht, dass wir uns einmal hier begegnet sind.' Da bin ich richtig schwach geworden, Muna", bekannte Mirsal, und ein Lächeln huschte ihr über die Lippen. „So sehr ich mich auch bemüht habe, Haltung zu bewahren, es ging nicht. Ich bin innerlich regelrecht zusammengebrochen. Die Tränen sind mir einfach aus den Augen gelaufen und haben mein Kleid vorne völlig durchnässt. Er ist still in der Ecke sitzen geblieben und hat mir seine Blicke in den Rücken gebohrt. Als er mir zum Abschied die Hand gab, hatte ich das Gefühl, dass unter seinem Händedruck mein Traumschloss in Staub und Trümmer zerfiel. Gegen meinen Willen bin ich zum Fenster gelaufen und habe ihm nachgesehen, bis er hinter einer Ecke in den Gassen verschwunden war. Mariam hat das letzte Kapitel ihres Trauerspiels nicht mehr erlebt. Ich dagegen ..."

Hier brach Mirsal in hysterisches Lachen aus. Beklommen wandte ich mich ab. Ich wusste auch nicht, wie ihr Schmerz gelindert werden könnte. Was mich selbst betraf, so hütete ich mich davor, die Liebe in einem bestimmten Menschen zu suchen. Ich blieb bei meiner Liebe zu einem Märchenprinzen, der in einsamen Stunden in meine Traumwelt eintrat, mich begleitete, wenn mich mein Weg durch einen Engpass führte, der mich mit einem unbeschreiblichen Glücksgefühl erfüllen und meinen Schritt derart beflügeln konnte, dass ich mich in der Lage fühlte, auch die unwegsamsten Abschnitte meines Lebensweges mühelos zu bewältigen.

An den folgenden Tagen kümmerte ich mich wenig um Mirsal, und sie zog sich auch von mir zurück. Nur hin und wieder tauchten beim Lesen zwischen den Zeilen ihre Augen auf und sahen mich an, mal lachend, mal traurig. Dann kamen mir jedesmal die Tränen. Ich wischte sie ab und versuchte, schnell an etwas anderes zu denken.

Der Winter hatte in diesem Jahr wider Erwarten früh eingesetzt. Die Lebensmittelvorräte für die kalte Jahreszeit waren noch nicht angelegt. Darum stand meine Mutter den ganzen Tag in der Küche, rührte unermüdlich in den Kochtöpfen und stellte die herrlichsten Leckereien her.

Im grössten Zimmer unseres Hauses lagen die Oliven aufgehäuft. Hanne, Nadschla und ein paar Nachbarinnen waren gekommen, um uns beim Verlesen der prallen schwarzen Früchte zu helfen, und ich gesellte mich bereitwillig zu der fröhlich schwatzenden Runde. Diese Zeit des Jahres ist bei den Dorffrauen besonders beliebt. Dann sitzen sie bei der Arbeit zusammen und tauschen Neuigkeiten aus, nicht ohne allerlei ausschmückende Bemerkungen hinzuzufügen. So sassen auch wir Mädchen jedes Jahr nach der Ernte in unserem Hof im Kreis um die Getreidekörner, die dort aufgehäuft lagen. Ich erinnere mich gut daran, wie mein Vater manchmal gut gelaunt zu uns in den Hof trat, die Mädchen begrüsste, ihnen Komplimente machte oder auch mal zur allgemeinen Unterhaltung eine kleine Geschichte erzählte.

Und ich sehe meinen Bruder Samir mit scheuem Blick hinter der Tür stehen. Auf seiner Oberlippe bildete sich zaghaft der erste Flaum, und von seinem Gesicht liessen sich die widersprüchlichen Gefühle ablesen, die in seinem Innern miteinander im Widerstreit lagen. Auch die Hast, mit der er plötzlich davonstürzte, verriet, wie gern er eigentlich geblieben wäre. Zwischendurch kam meine Mutter und bot den Mädchen süsses Gebäck und heissen, mit Kardamom gewürzten Kaffee an.

Meine gute Mutter! Dein Gesicht strahlt eine Ruhe aus, die mich auf meinem Weg als Fremde durch dieses Leben leitet. Wo hast du diese Kunst erlernt? Mit deinen Händen knetest du den Teig des Lebens und machst ihn schmackhaft, so gut und so einfach, wie du den Kaffee, die Quitten- und die Feigenmarmelade kochst. Wie bringst du das fertig, Mutter?

Die Mädchen legten eine Pause ein, die Stimmung war heiter und entspannt. Sobald die Kaffeetässchen geleert waren, wurden sie auf dem Tablett umgedreht und von eifrigen Händen und mit sehnsüchtigen Blicken Hanne entgegengestreckt: „Nun, wie stehen die Sterne für mich, Hanne?"

„Was meinst du, dauert es noch lang, bis der Bräutigam kommt?"

Dann setzte Hanne ein ernstes Gesicht auf und nahm der Reihe nach die Tässchen in die Hand, um dem Kaffeesatz das eine oder andere Geheimnis zu entlocken. Hannes Enthüllungen konnten bei der einen Beklommenheit auslösen, die andere dagegen aufatmen lassen. Einmal brach sie im Verborgenen treibende Knospen auf, ein anderes Mal liess sie Träume wahr werden.

Begierig zu erfahren, was die Zukunft mir bringen sollte, nahmen meine Ohren die Worte von Hannes Lippen auf, wenn ich an der Reihe war: „Hör zu, Muna. Du denkst viel nach. Da ist etwas, was dich verunsichert ... Ich sehe einen Menschen. Noch ist er dir fremd, aber ihr könntet euch näherkommen ..." Hanne legte eine Kunstpause ein, um meiner Mutter einen bedeutungsvollen Blick zuzuwerfen, dann fuhr sie fort: „Im Augenblick bist du ratlos, Muna. Aber es wird sich alles zum Guten wenden. Eine glückliche Zukunft liegt vor dir, und du wirst ein grosses Vermögen machen." Doch so süss Hannes Worte auch klangen, meine Seele quälte sich weiter und fand keine Ruhe.

Ach, morgen. Eine Verzauberung lag über der Zukunft. Ständig sehnten wir sie herbei, und Hanne war in der Lage, sie uns ein wenig näher zu bringen. Das war die Rolle, die sie in unserem Leben spielte.

„Na, Umm Samir", wandte sie sich dann an meine Mutter. „Habt ihr etwas zu verbergen? Eines Tages kommt doch alles ans Licht!" Meine Mutter kräuselte die Lippen, unterdrückte ein Lächeln und antwortete mit gespieltem Ernst: „So Gott will ... Jeder hat sein Päckchen zu tragen ... Davor wollen auch wir uns nicht drücken." Doch so schnell gab Hanne keine Ruhe. Stattdessen bohrte sie mit ihrer spitzen Zunge weiter in meiner Privatsphäre herum: „Du solltest etwas mehr auf dein Äusseres achten, Muna. Zupf dir die Augenbrauen und leg ein bisschen Puder auf. Trägt Muna eigentlich keinen Büstenhalter, Umm Samir? Aber Muna, du solltest dich was schämen. Nimm dir ein Beispiel an Nadschla. Nadschla ist immer nach der neusten Mode gekleidet, immer adrett und gepflegt, und du, warum ..." Ihre Stimme hallte weiter, aber ich baute eine dicke, schalldichte Mauer zwischen ihr und mir auf.

Warum?! Wie sollte diese naive Frau meine Gründe verstehen? Wie könnte sie jemals in höhere Sphären aufsteigen und zu dem Paradies Zugang finden, das ich mir selbst geschaffen hatte und in dem ich glücklich war? Sie würde nicht begreifen, warum meine Augen weit über die Grenzen des Dorfes hinaus sahen und am fernen Horizont schweiften, warum meine Füsse bereit waren, dorthin zu laufen, wo mir niemand meinen Weg vorschrieb.

Mutter, es ist mein eigener Weg. Ich will meine Zukunft selbst bestimmen, will mein Leben selbst in diese Hände nehmen. Auch wenn ich mir die zarten Finger an Dornen aufreissen und auf unwegsamen Pfaden über Steine stolpern sollte, ich werde wieder aufstehen. Hörst du, Mutter?

Als Abu Ilias neulich mit diesem Mann ankam, hast du geschwiegen. „Ein reicher Amerikaner, was will man mehr?" So hat Abu Ilias ihn vorgestellt. Am liebsten hätte ich laut losgelacht. Er hat uns den armen alten Mann vorgeführt und angepriesen, als wollte er einen Affen verkaufen. Aber als dieser Pseudoamerikaner mir mit Schmeicheleien kam – „Komm, setz dich her zu mir, meine Schöne" – und Annäherungsversuche machte, da ist mir ganz übel geworden. Nur Anstand und Höflichkeit, wie du sie mir beigebracht hast, Mutter, haben mich daran gehindert, ihm einen Fusstritt zu versetzen.

Kannst du das verstehen?

Kann Hanne das verstehen?

Dieses dumme Gewäsch habe ich mir anhören müssen, dieses Kauderwelsch aus fehlerhaftem Arabisch mit amerikanischem Akzent. Dabei habe ich in meiner Ecke gesessen, den Ärger hinuntergewürgt und mich darum bemüht, ein nettes Mädchen zu spielen, auf das seine Eltern stolz sein können. Und beim Abschied hat er mich in der Diele auf einmal bedrängt. Was danach geschehen ist, weiss ich nicht mehr. Das war das erste und einzige Mal, dass ich in Ohnmacht gefallen bin. Als ich wieder zu mir kam, hast du neben mir gesessen,

Mutter. Deine zitternden Finger sind mir über Stirn und Mund gefahren. Vater ist im Zimmer auf- und abgegangen, hat die Hände zu Fäusten geballt und unverständliches Zeug gemurmelt.

Dann ist Vater auf mich zugekommen, hat sich neben meinem Bett auf den Fussboden gekniet und gesagt: „Es ist alles vorbei, mein Liebling. Hauptsache, du bist wieder bei uns. Niemand wird dich mehr mit solchen Sachen belästigen."

Danke, Vater! Gib mir deine Hand, Mutter, ich will sie küssen, sie an meiner Wange reiben und mit meinen Tränen benetzen.

Wie lange mag es her sein, seit ich in die Fremde gegangen bin? Unermüdlich klopft die Uhr auf meinem kleinen Tisch an die Türen der Zeit. Ich beobachte, wie die Zeiger über das Zifferblatt kriechen, und sporne sie an. Dann mache ich meine tägliche Bestandesaufnahme, treffe Vorbereitungen für Tagesabläufe und Ereignisse.

Was ereignet sich eigentlich?

Und wir, wohin gehen wir?

Und was lassen wir hinter uns zurück?

Ich höre Gelächter. Es dringt durch die verschlossenen Fenster.

Die Nachbarn schreien.

Irgendwo ertönt Musik.

Auf dem Hausdach findet eine Tanzparty statt. Auf dem Balkon flirtet ein junger Mann mit seiner Freundin. Mitten durch die Nacht gellt der Schrei eines Kindes, das Bauchweh hat.

So treten die Menschen in der Stadt miteinander in Kontakt. Sie begegnen einander als Fremde. Vielleicht haben sie sich in einer früheren Welt schon einmal getroffen, erkennen einander aber nicht wieder.

Aus den schäumenden Wellen taucht Mirsals

Bild vor mir auf. Sie trägt ihr neues rotes Kleid wie an jenem Morgen. Das schöne Haar fiel ihr in Zöpfe geflochten über die Schultern, und ihre Augen wirkten noch grüner, noch strahlender als sonst.

Die ganze Woche über freuten wir uns auf den Sonntag. Eintönig und farblos gingen die Wochentage dahin. Wir waren nur darauf bedacht, sie hinter uns zu bringen, die Minuten, Stunden, Tage und Jahre. Sonntags trafen wir uns in der Kirche. Eilig fuhr ich mir mit dem Kamm durchs Haar und holte aus meinem kleinen Schrank das neue Kleid, das für Sonn- und Feiertage vorbehalten war, für die besonderen Tage, an denen die Luft vor Glück knisterte. Dann erlaubten sich die Leute im Dorf auch mal einen Scherz, eine Ausschweifung, ein paar Tröpfchen Parfum.

Der Regen hatte die Erde aufgeweicht, so dass man überall mit dem Fuss einsank. Um nicht in den Schlamm zu treten, sprangen wir auf vorstehende Steine oder auf ein Stück Holz, das ein Kind auf dem Weg zur Schule verloren haben mochte.

Vor meinen Augen leuchten die Gesichter der kleinen Kinder aus unserem Dorf auf. Mit Wollmützen auf den Köpfen, die ihnen die Mutter oder eine ältere Schwester gestrickt hat, in der einen Hand den Stoffbeutel mit Büchern und Stiften, in der anderen ein Holzscheit, drängt die Schar in aller Frühe durch den morgendlichen Nebel. Ein stürmischer Wind schlägt ihnen entgegen, die Kälte sticht, und das Wasser tropft ihnen auf den Kopf.

Rot- und blaugefroren sind ihre kleinen Hände, die das Holzstück hartnäckig umklammert halten, denn der Lehrer ist streng. Wer ohne diesen Beitrag zur Wärmeversorgung ankommt, dem verweigert er die Teilnahme am Schulunterricht.

An jenem Morgen brach die Sonne heiter durch die Wolkendecke. Das einzige Ziegeldach in unserer Strasse reflektierte ihre Strahlen und liess sie unmittelbar in unsere Herzen fallen. Der angrenzende Obstgarten war in rötliches Licht getaucht. Die Ölbäume erschauerten und hoben langsam und bedächtig ihre Arme. Die Ernte war vorüber. Die Äste hatten gegeben, was sie zu geben hatten. Ihre Gaben waren in die Ölpresse des Dorfes und in die grossen Tonkrüge gewandert.

Schweigend und mit schnellen Schritten ging Mirsal neben mir her. Überhaupt war sie sehr still in diesen Tagen, den wenigen, die uns noch blieben, bevor sich unsere Wege trennten. Nur hin und wieder brach es aus ihr heraus. Dann konnte sie aufbrausen, weinen und sich in einem See aus Angst verlieren.

Feuchte Kälte schlug einem ins Gesicht, wenn man den Fuss über die Schwelle der Kirchentür setzte, und es roch nach Weihrauch und Myrrhe. Derselbe Geruch haftete den vergilbten Blättern an, die zusammengefaltet in meiner alten Mappe lagen und die Mirsals Lieder enthielten.

„Nimm sie", hatte Mirsal damals gesagt, als wir unter dem Paradiesbaum vor unserem Haus voneinander Abschied nahmen. „Nimm diese Blätter, und bewahre sie für mich auf ... Vielleicht kann man eines Tages nochmal was damit anfangen." Dabei war ihr tränenverschleierter Blick durch das Viertel gewandert.

Jetzt liegen ihre Blätter vor mir, verblichen und tot. Bei jedem von Tränen verwischten Wort gerate ich ins Stocken, und tiefe Trauer überfällt mich. Lange sehe ich sie an, versuche, ihnen Leben einzuhauchen und das Geheimnis ihrer Verwandlung zu ergründen, genau wie an jenem Morgen, als Mirsal und ich Seite an Seite in der Gebetsnische standen. Damals habe ich ihrem Gesicht die Geheimnisse zu entlocken versucht. Wie lange ist das nun schon her.

In der Kirche hatten wir Zutritt zum Frauenflügel. Wir nahmen also unsere Plätze hinter einer hölzernen Wand aus durchbrochenem Schnitzwerk ein, von wo aus wir den Priester und den Altar sehen konnten, der Männerwelt aber verborgen blieben. Mirsal rückte nahe an die Wand heran und blinzelte durch eine der kleinen Öffnungen hindurch. Eine Stunde lang harrten wir in der feuchtkalten Kirche aus.

Während der Wintermonate verbringen die Leute den grössten Teil ihrer Zeit um die Feuerstellen, lassen sich die Glieder wärmen und die Seelen einlullen, so dass sie halb betäubt sind. Das Kirchenschiff aber kann weder durch die wärmenden

Strahlen der Sonne noch durch den Atem der Betenden aufgeheizt werden.

Am Rand des Frauenflügels entdeckte ich unsere Nachbarin Angelina. Ganz still stand sie da. Ihr Gesicht war in einem Ausdruck von Zufriedenheit erstarrt, wodurch sie etwas einfältig wirkte. Ausser ihr war nur noch eine Handvoll alter Frauen anwesend. Umm Ilias hatte Kopf und Hände in ein schwarzes Wolltuch gehüllt, und Umm Salim trug den alten Pelzmantel, den Abu Salim ihr vor Jahren mitgebracht hatte, als er aus dem Ausland zurückgekommen war. Dann entdeckte ich Nadschija. Von ihr wusste ich damals nur, was man sich im Flüsterton über sie erzählte, Geschichten, die sich die Frauen zutuschelten, wenn sie unter sich waren, und die nicht für die Ohren von uns Mädchen bestimmt waren. Meine Mutter hat uns immer davor gewarnt, in die Nähe von Nadschijas Haus zu gehen, und es muss wohl Intuition gewesen sein, die mich daran hinderte, auch nur den Namen dieser Frau irgend jemandem gegenüber zu erwähnen. „Dieses Weibstück", fielen mir Hannes Worte ein. „Kein Mensch hier würde der eine Träne nachweinen."

Nadschijas Haus lag am Rand des Dorfes, umgeben von dichtem Dunst aus der Gerüchteküche. Für mich lag lange etwas Rätselhaftes um diese Frau, und ich bemühte mich mehr als einmal, Licht in das Dunkel zu bringen, bis ich schliesslich ganz beiläufig erfuhr, welche Stellung sie im Dorf innehatte, und begriff, warum die Frauen sie hassten, während die Männer sie mit offenen Armen empfingen.

Eines Tages, ich sass gerade mit einem Buch in der Zimmerecke, kam Hanne zu meiner Mutter, um ihrem Herzen Luft zu machen. Der Zustand sei einfach nicht länger zu ertragen, platzte sie heraus, es sei ein Skandal für das ganze Dorf, und dagegen müsse nun endlich einmal etwas unternommen werden. Man merkte ihr an, wie begierig sie war, die Geschichte loszuwerden. Farids Frau Asma war an Nadschijas Haus vorbeigegangen, als sie plötzlich ein Gespenst hatte aus der Tür kommen sehen. Im Schutz der Dunkelheit war es eilig durch die Gassen davongehuscht. Ausserdem hatte dichter Nebel über den Häusern gelegen und die Sicht behindert. Trotz alledem war es Asma gelungen, dem Gespenst auf der Spur zu bleiben, und sie hatte es entlarvt. Es war Farid, ihr Mann.

Durch Hannes Bericht wurde mir manches klarer. Plötzlich verstand ich, was es zu bedeuten hatte, dass die Männer jedesmal, wenn Nadschija vorbeiging, grinsend die Köpfe zusammensteckten, ihr anzügliche Bemerkungen nachriefen und Lachsalven folgen liessen, die erst verebbten, wenn sie ihren Blicken um eine Ecke oder hinter einer Mauer entschwunden war.

An diesem Morgen kniete Nadschija auf dem kalten Steinboden und weinte bitterlich. Die Tränen liefen ihr über die pockennarbigen Wangen, sie raufte sich das Haar und schluchzte so herzzerreissend, dass ich erschauerte. Ich fühlte mich umspült von dem heissen Strom, der aus ihren Augen rann, und dachte, wenn sich die Welt von Sünden reinwaschen liesse, dann würden die Tränen, die Nadschija an diesem Morgen vergoss, dazu ausreichen.

Meine Blicke wanderten von der weinenden Frau zum Priester, der in seinem mit Brokat und Samt besetzten Gewand um den Altar herumschritt. Dabei wiederholte er mit einer erstaunlichen Geschwindigkeit immer wieder dieselben Gebete. Der Erguss seiner Worte rauschte den Gottesdienstbesuchern an Ohren und Sinnen vorbei und drang als eine Art magischer Kultgesang ins Bewusstsein ein. Fast wie in Trance umkreiste der Priester die heilige Stätte, umnebelt von dichten Weihrauchwolken und dem Gemurmel der Gläubigen. Es schien, als nehme er selbst die Worte gar nicht wahr, die aus seinem Mund strömten. Ich hätte gern verstanden, was er sagte, bemühte mich jedoch vergeblich darum. So liess ich mich von der mysteriengeschwängerten Luft tragen, sog begierig den Weihrauchduft in mich ein und trank mit den Ohren den verzauberten orientalischen Singsang, eine Melodie, deren Hitze die Seele zum Schmelzen bringt, so dass sie ätherisch leicht aufsteigt in höhere Sphären jenseits des menschlichen Bewusstseins.

„Muna, ich kann nachts kein Auge mehr zutun", seufzte Mirsal beim Verlassen der Kirche. „Ich weiss nicht mehr, was ich machen soll. Ich fühle mich wie in einem Strudel, so hilflos. Manchmal weiss ich nicht einmal mehr, wie ich einen Fuss vor den andern setzen soll. Der Kummer zerreisst mir das Herz, meine Zunge ist bleischwer, und bei jeder Bewegung fühle ich mich wie gelähmt. Ich habe lange nur in diesem rosaroten Traumschloss gelebt. Alle meine Hoffnungen habe ich darauf gesetzt. Nun haben sich plötzlich meine Träume in Luft aufgelöst, und ich greife ins Leere. Auch das Beten hilft nicht, Muna. Ich bin unfähig, mich in mich selbst zu versenken." Während wir uns immer weiter vom Dorf entfernten, redete sich Mirsal ihren Schmerz von der Seele. Mochten meine neuen Schuhe in den schlammigen Boden einsinken, ich kümmerte mich nicht darum. Alle Fäden meines Daseins liefen in meinen Ohren zusammen.

Mirsals Bekenntnisse sickerten ein in die offene Erde, und mit einemmal war mir, als streifte ich die Fesseln der menschlichen Existenz ab und flöge aufwärts mit dem Dampf, der aus dem feuchten Erdreich aufstieg, und mit der vertrauten orientalischen Melodie, die mich seit jenem Morgen begleitet und die ihre Zauberfäden immer weiter durch mein Leben spinnt.

„Da ist sein Vater", stiess Mirsal mit gedämpfter Stimme hervor und deutete auf eines der Weizenfelder, die sich an beiden Seiten des Weges entlangzogen.

„Da ist Abu Radschi."

Auch ohne dass der Name fiel, als sie nur „sein Vater" sagte, wusste ich sofort, wen sie meinte.

Mit der Geburt des ersten Sohnes geben die Eltern ihre Identität als Individuen auf. Ab sofort werden sie nur noch Vater beziehungsweise Mutter des Soundso genannt, und mit dem neuen Namen schlüpfen sie in eine neue Haut, die ständig mit dem Kind in Berührung steht, die mit ihm isst, trinkt, aufsteht und schlafen geht. Die Vaterbrust schwillt vor Stolz, wenn der Mann von den Kameraden bei seinem neuen Namen gerufen wird: Abu Ilias, Abu Mansur, Abu Hassan. Fortan ist er unablässig darum bemüht, seinen Beinamen würdig zu tragen.

Die Veränderung auf Abu Radschis Gesicht war nicht zu übersehen. Verzweiflung umwölkte seine Stirn und zog sich durch die Falten in seinen Wangen. Jede Bewegung gab seiner Enttäuschung Ausdruck. Der alte Mann war nicht mehr wiederzuerkennen.

Immer war er ein Muster an Energie und Tatendrang gewesen. Schon vor Sonnenaufgang hatte man in der Nachbarschaft seine Stimme nach Radschi rufen hören, der ihn aufs Feld hinaus begleiten sollte. Zu jeder Jahreszeit und bei jedem Wetter hatte er seinen Esel die Dorfstrasse entlang getrieben, und wer noch schlief, war von dem lauten Eselsgeschrei geweckt worden. Abu Radschi war der Wecker des Dorfes. Ob zur Saat- oder zur Erntezeit, immer war er der erste draussen auf dem Feld gewesen, und wenn die Arbeit es verlangte, dann hatte er sogar dort geschlafen. Dann war er über Nacht bei seiner Erde geblieben, hatte sich mit ihr unterhalten und ihren Saft durch seine Adern fliessen lassen. Dann waren sie eins.

„Guten Morgen, Onkel Abu Radschi." Die Stimme schreckte ihn aus seinen Gedanken auf. „Ach, ihr seid es. Guten Morgen, ihr beiden Hübschen." Er stand in einer Ackerfurche, die Hände in der feuchten roten Erde, und las Steine aus dem weichen Boden auf, damit die nächste Weizensaat ungehindert aufgehen konnte.

Nein, er war nicht mehr mit demselben Eifer bei der Arbeit, den wir von ihm gewohnt waren. Die Runzeln hatten sich noch tiefer in sein Gesicht eingegraben, und das Leuchten in seinen Augen war erloschen. Die Kufija hing ihm achtlos über Kopf und Schultern und ergänzte so seine unglückliche

Erscheinung. Sonst war er immer zum Scherzen aufgelegt gewesen. Jetzt aber hielt er den Blick gesenkt und untersuchte einen Klumpen Erde, als sähe er so etwas zum ersten Mal.

Mirsal stiess mich an. Sie wollte, dass ich ihn in ein Gespräch verwickelte. Ich hätte lieber geschwiegen, hätte mich lieber still an seine Seite gesetzt und mich seinen Betrachtungen angeschlossen.

„Warst du heute nicht in der Kirche?" fragte ich stattdessen.

„Für die jungen Mädchen und Burschen ist das Beten recht und gut", kam seufzend die Antwort. „Aber für unsereinen sind die Zeiten vorbei, mein Kind ... Jetzt seid ihr an der Reihe. Ihr habt die Gegenwart und die Zukunft in der Hand. Mir bleibt nur noch das hier." Damit nahm er eine Handvoll Erde auf und streute sie in den Wind.

Die Erde war seine letzte Zuflucht. Ihr konnte er seinen Schmerz anvertrauen. Ob er hergekommen war, um ihr sein Leid zu klagen? Betete er wohl zu dieser Erde und flehte sie an, sie möge ihm Radschi zurückgeben?

„Wird Radschi kommen und dir helfen?"

Der alte Mann schüttelte den Kopf. „Dort drüben", erwiderte er mit abwesendem Blick in die Ferne, „hinter dem Horizont, da ist Radschi ... Gestern war er bei mir ..." fuhr er mit gedämpfter Stimme fort, als spräche er zu sich selbst. „Bei allem, was ich getan habe, war er dabei. Die Glut seiner Jugend konnte diese Hügel in Flammen setzen und mir das Gesicht verbrennen. Wenn ich nur seine sonnengebräunten Wangen ansah, wurde ich selbst wieder jung. Aber diese Erde ist ihm zu eng geworden, zu eng für seine hochgesteckten Ziele. Er kann den Geruch der Erde nicht mehr ertragen, und wenn er die Spitzhacke hört, zerreisst es ihm das Trommelfell. Das hat er mir gestern gesagt. Er will von hier weggehen. Er will mich verlassen, mich und unsere gute Erde. Die Gaben der Erde sind ihm nicht mehr gut genug." Dann hob er den Blick und sah mich an: „Schau dir einmal diese Erdkrumen an. In jeder Krume kannst du einen Schimmer von meinem Augenlicht finden, einen Tropfen von meinem Herzblut und einen ganzen Armvoll Träume, die ich hatte, als ich noch jung war. Mein ganzes Leben habe ich für ihn gelebt. Alle meine Träume galten ihm. Ich habe ihn über diese weite Ebene laufen sehen wie einen König. Seit Radschi auf der Welt ist, hat er mein Leben beherrscht. Ich habe ihn wachsen sehen wie einen Berg. Als kleiner König wuchs er heran, und ich habe zugesehen, wie er immer näher auf seinen Thron zuging. Bald sollte er das Zepter in die Hand nehmen. Da hat er sich auf einmal in einen starken Adler verwandelt. Er will seine Kräfte dazu nutzen, über den Horizont hinaus zu fliegen. Radschi wird unsere gute Erde verlassen wie schon andere vor ihm. Und ich werde hier bleiben, mich mit ihr unterhalten und sie pflegen, bis sie mich in eine ihrer Höhlen aufnimmt. Ich habe keine Angst vor dem Tod, mein Mädchen, und auch nicht vor der kleinen dunklen Grube, in der ich einmal liegen werde. Ich fürchte mich nicht vor der Berührung mit der Erde. Der Tod wird mich glücklich machen. Er kann meinen Körper in Erdkrumen verwandeln, Erde, die den Boden meines Ackers düngt. Was mich so traurig macht, ist, dass Radschi nicht von seinen Früchten ernten wird."

Ich wischte eine Träne ab, die sich mir ins Auge geschlichen hatte. Ich wusste nicht, was ich darauf antworten sollte. Mirsal starrte geistesabwesend in das Gesicht des alten Mannes. Sie war drauf und dran, irgendeine Dummheit zu begehen. Vielleicht hätte sie sich vor ihm zu Boden geworfen, hätte ich nicht mit einem gezwungenen Lächeln ihre Hand genommen und sie den gewundenen Pfad entlang weitergeführt.

„Danke, Muna", kam nach einer Weile Mirsals Stimme. Sie hauchte es fast. „Danke, du hast mich vor einem schweren Fehler bewahrt. Beinahe hätte ich etwas ganz Verrücktes getan. Ich weiss auch nicht, was in mich gefahren ist. Auf einmal habe ich mich so mit dieser Erde verbunden gefühlt. Ich wollte vor Abu Radschi niederknien, seine abgearbeiteten Hände küssen, ihm meine Liebe zu seinem Sohn gestehen und ihn und die Erde und den Himmel anflehen, sie sollten bitte alles daran setzen, Radschi von seinen ehrgeizigen Plänen abzubringen. Ehrgeizige Pläne ... wie hochtrabend sich das anhört! Das ist kein Ehrgeiz, sondern Verrat! So ein Verräter. Er hat mich betrogen. Und ich hätte mich beinahe vor seinem Vater blossgestellt. Aber das verdient er gar nicht. Nein ...” Ihre Erregung schlug um in verzweifeltes Lachen. In ihren Augenwinkeln aber bildeten sich zwei Tränen, und sie drückte mit aller Kraft meine Hand.

Als wir bei uns zu Hause auf dem Diwan sassen und heissen Kaffee mit Kardamom tranken, hatten wir den Vorfall schon fast vergessen. Meine Mutter fragte nicht, warum wir nach dem Gottesdienst erst so spät nach Hause kämen, denn sie hatte Besuch. Umm Salim war bei ihr, und die besass ein recht loses Mundwerk. Darum war es besser, in ihrer Gegenwart keine heiklen Fragen zu stellen. Ausser dem Mundwerk hatte Umm Salim noch einen Sohn im heiratsfähigen Alter, was bedeutete, dass wir ihr gegenüber besonders höflich zu sein hatten. Ich benahm mich also so wohlerzogen wie möglich, denn schliesslich sollte meine Mutter stolz auf mich sein können.

Umm Salim betrachtete Mirsal und mich mit prüfenden Blicken, als wollte sie uns miteinander vergleichen und abwägen, wer von uns beiden am ehesten als Braut ihres Sohnes in Frage käme. Obwohl wir über ihre Absichten Bescheid wussten, liessen wir den Schwall ihrer Fragen gleichmütig über uns ergehen und unterdrückten ein boshaftes Grinsen.

„Kann Muna gut kochen, Umm Samir? Und wie

steht es mit deinen Kochkünsten, Mirsal? Ein Mädchen muss auch Strümpfe stopfen können ... und was das Nähen angeht ... Kann Muna auch Brot backen?"

Mit einer Engelsgeduld beantwortete meine Mutter jede Frage und bezeugte Umm Salim so den gebotenen Respekt. Dabei wusste ich, dass meiner Mutter nicht besonders viel daran gelegen war, mit Umm Salim in verwandtschaftliche Beziehungen zu treten. Aber mit ihr verderben wollte sie es auch nicht.

Fast eine Stunde lang unterhielten wir uns mit Umm Salim über die diesjährigen Heiratskandidaten. Dabei liess sie keine Gelegenheit aus, die guten Eigenschaften ihres Sohnes hervorzuheben und betonte immer wieder, wie zuvorkommend er sich ihr gegenüber benehme. Welchen Schluss sie aus dem Besuch zog, liess sich von den Worten ableiten, mit denen sie sich von meiner Mutter verabschiedete:

„Beehren Sie uns doch auch mal wieder, Umm Samir. Und bringen Sie Muna mit."

Zum Abschied begleitete ich Mirsal an die Haustür. Als ich in die Wohnung zurückging, klangen mir wieder ihre Worte im Ohr. Ihre Erregung hatte bei mir einen tiefen Eindruck hinterlassen. Sie hatte die Klarheit, die sonst in meinem Kopf herrschte, getrübt.

Warum gehen einem Gedanken und Gefühle so lange nach? Warum lassen sie sich nicht auf den Ort und die Zeit begrenzen, mit denen sie in ursächlichem Zusammenhang stehen? Warum müssen wir Menschen ständig diesen ganzen Ballast mit uns herumschleppen?

Ich schmiegte mein Gesicht an das Fensterglas in meinem Zimmer und liess die Augen über die Obstgärten und Weinberge schweifen, in die das Dorf eingebettet lag. Grün leuchteten die Wiesen und Pinienwälder, herbstlich gelb schimmerten die Blätter der Feigenbäume und Weinreben im Sonnenlicht. Da sah ich Radschi vor mir. Er hielt eine scharfe Axt in der Hand und streckte den Arm über die Obstgärten aus. Plötzlich liess er die Axt niedersausen und spaltete die Baumkronen, so dass das Feuer des Lebens in den Bäumen erlosch. Daraufhin wandte er sich ab. Mit einer Spitzhacke bewaffnet, tauchte er zwischen den Häusern im Dorf wieder auf und setzte dort sein zerstörerisches Werk fort.

Aus dem Augenwinkel sah ich die Ruine neben unserem Haus. Trümmer, das ist alles, was von den Häusern derer übrigbleibt, die fortgehen. Nichts als Trümmer. Wie ein Stein lag dieses Wort an einer Biegung meines Lebensweges.

Dann sah ich wieder Radschi vor mir, den ehrgeizigen Radschi. Lachend stand er auf dem Trümmerhaufen und trat verächtlich mit dem Fuss gegen die zusammengefallenen Überreste des einfachen Hauses. Haben sie wirklich einmal einem Ehepaar und Kindern als Zuhause gedient? Wieviele Geburten mögen sie miterlebt haben? Wieviele Liebesgeschichten haben sich in lauen Nächten dort abgespielt? Nun ist es zu einer Ruine verfallen, in der Eulen und Fledermäuse hausen.

Die Trümmer sind die Stimmen derer, die aus unserem Dorf geflohen sind. Es sind die Menschen, die dem Lebenskampf in diesem engen Rahmen, in den Furchen der verbrannten Erde nicht gewachsen waren. Durch die Enge sind sie nach oben getrieben worden, wo sie Luft zum Atmen finden und Raum, mit den Flügeln zu schlagen, wo ein Rausch sie erfasst und davonträgt. Ob Radschi auch diesen Rausch erlebt hat? Jedenfalls tritt er in ihre Fussspuren und setzt die Tradition der Auswanderer aus unserem Dorf fort.

„Bitte sehr, kommt her, Jungs!" Die Stimme

meines Vaters riss mich aus meinen Gedanken. „Kommt, hier gibt's eine Tasse Kaffee."

Einer von diesen „Jungs" war Radschi. Zu Dutzenden liefen sie täglich die Wege zwischen den kleinen Steinhäusern entlang, und ihre Ausflüge endeten regelmässig an den Dorfgrenzen. Wie bei Marionetten hingen ihre Beine, Hände und Köpfe an verschiedenfarbigen Schnüren, mit denen sie an die engen Gassen gebunden waren. Nun hatte Radschi es gewagt, die Schnüre durchzuschneiden, um davonzufliegen. Bei seiner Grösse war ihm sein Blick vielleicht schon vorausgeeilt. Über seinem Gesicht lag ein eigentümliches Leuchten. Das ist das Licht, das Mirsals Weg erhellt hat, dachte ich.

Er trug einen neuen Anzug, der ihm, für die dörflichen Verhältnisse, ein ungewohnt elegantes Aussehen verlieh. Aus seinem dichten schwarzen Haar hatte sich eine widerspenstige Locke gelöst und ringelte sich frech über der breiten Stirn. Zur Begrüssung warf er mir ein kameradschaftliches Lächeln zu. Er sah aus wie ein besonders gelungenes Werk eines grossen Malers, die vollkommene Harmonie. „Der Verräter", zuckte mir Mirsals Stimme durchs Gedächtnis. Nein, Radschis Blicke und Worte hatten nichts Verräterisches an sich. Ein Strahlenkranz umgab ihn, der mich verzauberte. An diesem Morgen betrachtete ich ihn mit Mirsals verliebten Augen.

Die jungen Männer nahmen Platz, steckten sich Zigaretten an und hörten meinem Vater zu, der von seinen Jagdabenteuern berichtete. Um diese Jahreszeit gab es besonders viele Wachteln. Die kleinen dunklen Vögel suchten Schutz und Wärme in den Olivenbäumen und ernteten die übriggebliebenen Früchte. Oder sie folgten den Fellachen aufs Feld und pickten die Körner auf, die neben die Furchen gefallen waren.

Hani, Nadschlas Bruder, war besonders eifrig bei der Sache und redete dauernd von seinem neuen Gewehr, der „Braut", wie es bei den Männern hiess, wenn sie unter sich waren. Radschi sass schweigsam daneben. Er wirkte zerstreut und geistesabwesend.

„Na, Radschi, hast du die Koffer schon gepackt?" fragte mein Vater und rief ihn in die Gegenwart zurück. „Wir werden dich sehr vermissen, mein Sohn. Gott schütze dich."

„Wenn du erst in deinem Königreich bist, denkst du hoffentlich auch ab und zu nochmal an uns", meinte Hani. Salim hatte die ganze Zeit über schweigend zugehört. Jetzt sah er aus, als wollte er etwas sagen, schien sich aber doch anders zu besinnen und zog sich wieder in sein Schneckenhaus zurück. Ich konnte mich nicht entsinnen, jemals gehört zu haben, dass Salim zu irgendeinem Thema seine Meinung äusserte. Abgesehen von dem, was seine Mutter über ihn erzählte, wusste ich nichts von ihm. Im Grunde kannte ich ihn überhaupt nicht.

Wieder war es Hani, der das Gespräch führte:

„Weisst du, alter Knabe, eigentlich ist es eine Schande, dass du deinen Vater einfach verlässt. Sei mal ehrlich, Radschi, bedeuten dir eure Ländereien denn gar nichts?"

Nein, der Landbesitz bedeutete Radschi nichts. Das genügte seiner Generation nicht mehr, der Generation, die einen Blick aus dem Dorffenster hinaus auf das Stadtleben geworfen und die Annehmlichkeiten des Wohlstandes kennengelernt hatte. Sie sahen das Landleben mit anderen Augen. Wenn der Boden auch fruchtbar war, die Glut einer Dürre konnte ihn ersticken. Die heute noch prallen Äste der Obstbäume konnten schon morgen verdorrt sein. Man war auf Gedeih und Verderb der Erde ausgeliefert. In jedem Falle aber konnten ihre Gaben nicht das quälende Verlangen stillen, das in den Herzen schlug.

„Der Boden genügt mir nicht mehr", hörte ich Radschi sich und seine Generation verteidigen. „Ich liebe meinen Vater und mein Land. Es wäre schön, wenn ich den Weg gehen könnte, den mein Vater mir geebnet hat. Aber man muss sich doch fragen, was wir hier eigentlich tun. Wir besitzen ein Stückchen Land. Schön und gut, aber unser Stück Land ist ein gottverlassenes Fleckchen auf dieser Erde. Wer weiss schon etwas von unserem Land? Wer kennt den salzigen Geschmack des Schweisses, der uns übers Gesicht läuft? Wer ist tagein tagaus draussen und lässt sich von der glühenden Sonne verbrennen oder schlägt sich mit einem Stock auf die gefrorenen Finger, damit sie wieder durchblutet werden? Jetzt sitzt ihr hier und unterhaltet euch. Aber das ist nur einer von den knapp bemessenen Augenblicken, die dieses Leben euch zum Atemholen gewährt. Sobald ihr euch ausgeruht habt, geht ihr zurück auf euren Acker und lasst wieder euer Blut in seine Adern tropfen. Und was habt ihr am Ende in der Hand? Ein bisschen Staub, weiter nichts. Tausend Tode sterbt ihr bereits, bevor die Erde sich schliesslich auftut, damit ihr zu ihr zurückkehren könnt. Doch wen kümmert das? Wer wirft euch auch nur einen flüchtigen Blick über die Schulter zu? Nehmt nur einmal den Staat, der jedes Jahr die Steuern einkassiert. Was hat der Staat dazu beigetragen, eure Ernteerträge zu verbessern? Was hat er überhaupt schon für euch getan? Hat er euch jemals einen Tropfen Wasser in die trockenen Kehlen laufen lassen? Hat er je daran gedacht, das Feuer in den Erdfurchen zu löschen? Am Ende der Erntezeit schleppt ihr eure Erträge auf dem Rücken nach Hause, stellt euch aufs Dach und preist sie an, bis eure Kehlen heiser sind und euch die Stimme wegbleibt. Und die Erträge faulen dabei unter euren Händen vor sich hin. Wisst ihr noch, wie Abu Mansur damals gestorben ist? Achtzig Jahre alt war er und ist noch jeden Tag mit der Spitzhacke aufs Feld hinausgegangen. Eines Tages hat er die Spitzhacke gehoben, um einen Stein aus dem Boden zu schlagen, da ist sie ihm aus der Hand gefallen, und er selbst ist über der Hacke zusammengebrochen. Abu Mansur war allein auf dem Feld. Erst am nächsten Morgen ist er gefunden worden, zufällig, von einem Ziegenhirten. Da war er längst tot. Nein, ich will nicht so leben wie mein Vater, und ich will nicht so sterben wie Abu Mansur."

Radschis Worte erzielten nicht die Wirkung, die er sich gewünscht hätte, denn seine Zukunft lag noch unter dem Schleier der Ungewissheit verborgen. Er hätte nicht sagen können, welche Farbe das Leben haben würde, das jenseits des Horizonts auf ihn wartete. Er kannte nur die Gegenwart, die ihn so sehr beengte, dass er kaum noch Luft bekam. Und so war das, was er sagte, der Ausdruck seiner derzeitigen Verworrenheit und Rastlosigkeit. Die Worte klangen fremd aus seinem Mund. Sie hatten das Gesicht einer klugen Frau, die er auf einem seiner wenigen Ausflüge in die Stadt kennengelernt hatte.

Radschis Liebe zu Mirsal war vergleichbar mit seiner Liebe zum Land. Es war eine natürliche, kindliche Liebe, die den Stürmen der Leidenschaft nicht standhielt und nur wenige seiner emotionalen und geistigen Bedürfnisse befriedigen konnte. Seine Liebe zu Mirsal war alltäglich. Das war nicht die Art von Liebe, die ihn auf seinen steilen Wegen vorwärtszutreiben vermochte und ihn bis auf hohe Berggipfel hinaufführen konnte.

Den Gedanken an Emigration hatte seine Mutter ihm in den Kopf gesät, seit sie ihm die Augen für das Leben öffnete. Umm Radschis Schönheit war ebenso mittelmässig wie ihre Intelligenz. „Ein Junge wie Radschi ist nicht fürs Landleben geschaffen", hat sie immer wieder gesagt. „Mein Sohn soll nicht in diesem Nest lebendig begraben werden wie ich." Sie selbst hatte in ihrer frühen Jugend das Stadtleben kennengelernt. Ihre Eltern waren für ein paar Jahre nach Amerika gegangen und mit einem bescheidenen Vermögen zurückgekehrt. Von ihren Ersparnissen hatten sie einen kleinen Laden eröffnet, in dem es alles gab, was man im Dorf brauchte. Die Erinnerungen an das Ausland lebten im Kopf des jungen Mädchens weiter. Während sie im Dorf heranwuchs, nahmen die Kindheitsbilder vor dem entbehrungsreichen Leben fortwährend an Glanz und Schönheit zu. Sie blieben ihr zeitlebens so stark gegenwärtig, dass sie sie als Ehefrau sogar daran hinderten, am Leben und Denken ihres Mannes teilzuhaben.

„Nimm Radschi heute nicht mit aufs Feld", hatte sie manchmal zu ihm gesagt. „Es ist gestern sehr anstrengend für ihn gewesen. Lass ihn ein wenig lernen." Und kaum war der Vater aus dem Haus, schwärmte sie dem kleinen Jungen etwas von dem schönen Leben in Amerika vor.

„Und wenn du gross bist, mein Söhnchen, musst du nach Amerika fahren. Da hast du nicht so ein schweres Leben wie hier."

Wer Umm Radschi ins Gesicht sah, konnte ihr die Enttäuschung und Verbitterung von den Augen ablesen. Ihrem Mann ist sie nie mit der Demutshaltung begegnet, die sonst bei den Dorffrauen üblich war. Im Gegenteil, in vielen Dingen hatte sie ihm widersprochen und ihn manchmal sogar in Anwesenheit Dritter zurechtgewiesen, sofern sie es für richtig hielt, auch wenn sein Ansehen dabei Schaden nehmen konnte. Hanne hatte darüber immer wieder gern geredet. Abu Radschi war ein Mann, den alle im Dorf gern hatten und der keiner Ameise etwas zuleide tun konnte. So liess Hanne es sich auch nicht nehmen, ihrem Mitleid mit ihm Ausdruck zu verleihen: „Meine Güte, manche Menschen auf dieser Welt werden doch wahrhaftig ungerecht behandelt! Denkt doch nur an Abu Radschi zum Beispiel ..."

Und nachdem Umm Radschi an einem Herzschlag gestorben war, hatte es fast erleichtert geklungen, als Hanne seufzte: „Oh Gott, nun lass Abu Radschi Ruhe finden!"

Ständig, täglich bin ich auf der Suche gewesen, wo auch immer ich mich befand, bis ich schliesslich mit meinen Kräften so am Ende war, dass mir gestern, ich war gerade in der Stadt unterwegs, mitten auf der Strasse die Beine versagten. Mein rastloser Blick und der ratlose Zug um meinen Mund müssen den Leuten aufgefallen sein, denn sie haben mich angesehen, als ob sie sich fragten, welche Strömung mich wohl in diese stürmische See gespült haben mochte.

Ein heftiger Regenguss prasselte voller Zorn nieder und jagte die Passanten durch die engen Strassen. Ihre Körper wirkten so klein neben den riesigen Gebäuden. Die Stadt kam mir vor wie ein Walfisch, der immer wieder das Maul aufreisst und wieder zuschnappen lässt und dabei jedesmal einen Schwarm von Menschen verschlingt und einen anderen ausspeit. Der Schrecken stand ihnen im Gesicht geschrieben.

Gesichter überlagern einander im Spiegel meiner Seele, die auf der Suche nach den Antworten auf ihre Fragen umherirrt. Nur hin und wieder tauchen einzelne von ihnen klar wie aus einem dichten Nebel auf.

Sie sind für immer fort, schiesst es mir plötzlich durch den Kopf. Du wirst sie nie mehr wiederfinden. Mit jener Zeit, die in der Feuerstelle in einem dämmrigen Raum in einem Haus im Dorf verglüht ist, sind sie meinen Blicken entschwunden.

Jetzt fliegt der Stift über das Papier, und ich höre sein Kratzen. Er schreibt meine Erinnerungen nieder, die schönen Bilder, die dort, am Eingang des Wadis, zwischen den Uferböschungen durchgezogen sind. Wenn es mir auch vor Einsamkeit fast das Herz zerreisst, so denke ich doch noch an das Gelübde, das ich mir selbst gegeben habe an dem Tag, an dem ich den Boden meines geliebten Dorfes zum Abschied geküsst und ihm mit dem Taschentuch gewinkt habe.

Es war ein stürmischer Abend. Wie eine Schar Flüchtlinge hockten wir nahe beieinander um das wärmende Feuer. Das Leben im Dorf wird weitgehend von der Natur bestimmt. Man lacht mit der Sonne und zittert mit dem Donner. Die Passatwinde lassen den Körper zerfliessen, und der Schnee reinigt das Herz.

Mein Vater erwartete an diesem Abend Besuch. Er wurde ungeduldig, denn in Sturmnächten haben Besuche eine besondere Bedeutung. Die Gewalt der Natur trennt und vereinigt die Seelen der Menschen. Sie rücken eng zusammen, als suchten sie aneinander Halt und Schutz vor der Unberechenbarkeit der Elemente. Ich trat aus der Tür hinaus in den Sturm und hielt mein Gesicht in den

Schnee, der lautlos über Bäume und Dächer und durch die Gassen stob. Der Boden sah aus wie eine glänzende Fläche, die den ins All aufsteigenden Dunst widerspiegelte. Ich bat den Frost, mir in die Poren zu dringen, bis in die warmen Winkel meines Herzens. Ich bat ihn, mir mit seiner Klarheit eine Linie zu geben. Da protestierte mein Vater. Der Sturm zog bereits durchs Haus und vertrieb die ganze Wärme, die wir tagsüber gespeichert hatten.

„An wen denkst du, Muna?" fragte er mich. „Du bist so geistesabwesend und ernst. Was ist los mit dir? Spukt dir irgend jemand im Kopf herum?"

Mit einem beschwichtigenden Lächeln, das seine Zweifel zerstreuen sollte, schloss ich die Tür und ging auf die Feuerstelle zu. Ich nahm das Buch, das ich gerade las, und scheuchte unsere schwarze Katze auf, um mich an ihren Platz in der warmen Ecke zu setzen. Sie sprang auf, schmiegte sich schmeichlerisch an meinen Arm und schnurrte leise.

„Was liest du denn da?" fragte mein Vater weiter. „Versuchst du, deine Zukunft zu erforschen? Suchst du in dem Buch da dein Glück?"

Ja, Vater! Genau das hat mich dauernd beschäftigt. Ständig war ich auf der Suche, machte ich mir Gedanken und Sorgen um die Zukunft. Darum bin ich auch in den Sturm hinausgegangen. Es hätte ja sein können, dass er mich mit seinen starken Armen aufgehoben und weit fort getragen hätte, so wie es in meinen Träumen geschehen konnte.

Einmal stand ich im Traum an einem Fluss, blickte in das warme Wasser und über die flachen Wiesen an den Ufern und empfand ein tiefes Glücksgefühl, wie ich es in der Wirklichkeit nicht erlebte. Da wuchsen mir mit einem Mal zwei Flügel. Berauscht vor Glück schwang ich mich auf und flog durch die Luft. Als ich am Morgen erwachte, war es wie ein jäher Absturz in die Wirklichkeit. Der Traum war vorbei, aber in meinem Herzen hatte er seine Spuren hinterlassen.

An jenem Morgen bin ich zu meiner Grossmutter gegangen und habe ihr den seltsamen Traum erzählt. Da hat sie meine Hand in die ihre genommen und gesagt: „Hab keine Angst, mein Kind. Träume haben nichts zu sagen. Träume müssen nicht unbedingt wahr werden."

Mein Vater war selbst überrascht über seine Frage, das merkte ich daran, dass er plötzlich schwieg und es vermied, mir ins Gesicht zu sehen. Ich sass da wie das Kommazeichen, das seine Gedanken von meinen trennte.

Dies war das einzige Mal, dass ich mich meinem Vater nahe gefühlt habe. Danach hat er sich wieder weit von mir entfernt. Er ist zurückgekehrt zu seinen Ansichten über die Gesellschaft, zu seinen Grundsätzen, was Erziehung und Beziehungen zwischen Mädchen und Jungen anbelangt, zu seiner Philosophie über die Rolle eines jeden im Leben. Ich hätte diesen Augenblick gern genutzt, um von ihm Antwort auf eine Reihe von Fragen zu erhalten, die mir auf den Nägeln brannten: Wer bin ich für dich, Vater? Bin ich in deinen Augen eine Frau, ein Familienmitglied oder bin ich ein „Missgeschick", die Strafe Gottes für einen schwachen Moment in deinem Leben? Ich weiss, dass du mich sehr lieb hast, aber ... was heisst das? Hast du Angst, es könnte einer kommen und mich dir wegnehmen?

Es gab so vieles, was ich ihn gern gefragt hätte, aber eine kindliche Scheu und die eintreffenden Gäste hinderten mich daran, auch nur eine meiner Fragen zu stellen. Schon hörte ich ihre Schritte im Hof und dann auf der Türschwelle. Ein Stöhnen, das ihrem Unbehagen über den Sturm Ausdruck verlieh, eilte ihnen voraus, gefolgt von Willkommensgrüssen und gegenseitigen Höflichkeitsfloskeln.

Abendliche Besuche waren das einzige, was den Dorfalltag etwas abwechslungsreicher gestaltete. Den ganzen Tag hatte meine Mutter damit zugebracht, Vorbereitungen für diesen Besuch zu treffen, hatte Süssspeisen zubereitet, Trockenfrüchte angerichtet und Kaffee gekocht. Es war der erste Besuch, den „Simon" und seine Braut meiner Familie abstatteten.

Bevor er fortging, hiess er Samaan. Immer war er draussen auf den Feldern, in den Obstgärten, in den Bergen. So kannte ihn die Natur. So hatten ihn alle in Erinnerung, die zu jener Zeit am Leben im Dorf teilhatten.

Damals war er siebzehn Jahre alt, hatte einen muskulösen Körper, sah gut aus und konnte ebenso schön singen wie die Rohrflöte blasen. Die Uferböschungen des Wadis warfen das Echo zurück, wenn er beim Hüten der Herde auf einem Felsen sass, auf seiner Flöte spielte und von der Zukunft träumte.

Sonntags war Samaan Messdiener. Er liebte das einfache Leben. Nie hätte er sich träumen lassen, dass er ins Ausland gehen und als einer der reichsten Emigranten zurückkehren würde.

Was nun diesen „Simon" betraf, der uns an jenem Abend besuchte, so besass er keine der Eigenschaften, die ich in der Erinnerung mit Samaan verband. Er war mittlerweile in den Vierzigern, seine Gesichtszüge waren erschlafft, Überlastung und Stress hatten ihre Spuren hinterlassen. Seine Finger, der vorspringende Bauch und die trägen, phlegmatischen Bewegungen wiesen eindeutig auf eine Tendenz zur Fettleibigkeit hin. Auch an seinem schütteren glanzlosen Haar zeigte sich die Unbarmherzigkeit der Jahre.

„Simon" hatte sich in Geldkreisen einen Namen gemacht. Seine Geschichte war ihm über den Ozean vorausgeeilt in das kleine Haus, in dem er zu einem namenlosen jungen Mann herangewachsen war.

Als er auswanderte, hatte Samaan Vater und Mutter zurückgelassen, die bereits eine beträchtliche Strecke ihres Lebensweges hinter sich hatten. Bald darauf war der Vater gestorben, und die verwitwete Mutter hatte mit einem Traum weitergelebt, der von den knappen Briefen aus der Fremde genährt wurde, welche sie unter Tränen und mit viel Gefühl entgegennahm.

Ich weiss nicht mehr, wie oft Umm Samaan mich gebeten hat, einen Brief für sie aufzusetzen.

„Mein Sohn, mach Deiner alten Mutter eine letzte Freude und komm mich noch einmal besuchen, bevor ich sterbe."

„Mein Liebling, die Mädchen im Dorf erwarten Dich schon. Ich habe eine Braut für Dich ausgesucht. Sie wird Dir bestimmt gefallen."

„Mein Söhnchen. Dein Brief riecht nach Dir. Ich trage ihn ständig bei mir unter dem Kleid, ganz nahe bei meinem Herzen."

„Samaan, mein geliebter Sohn, nun bist Du schon so lange fort ..."

Schliesslich liess Samaan sich erweichen und

schickte seiner Mutter ein Telegramm, in dem er ihr das Datum seiner Ankunft mitteilte.

Die jungen Männer bereiteten alles für seinen Empfang vor. Vom kleinsten Kind bis zum ältesten Greis war alles auf den Beinen, um den Sohn des Dorfes nach so langer Abwesenheit willkommen zu heissen. Umm Samaan stand auf ihren Stock gestützt in der Menge. Die Freude auf das Wiedersehen mit ihrem Sohn liess sie noch einmal in der Schönheit ihrer Jugend erstrahlen. Sie wirkte ungemein kräftig und vital, und als endlich der protzige Wagen auftauchte, geriet die alte Frau völlig ausser sich. Sie fing an zu tanzen, stiess Freudentriller aus, lachte und weinte zugleich und liess in ihrem Eifer sogar den Stock fallen. Mit offenen Armen und gelöstem Haar lief sie ihrem einzigen Kind entgegen. Doch als sie ihn endlich in die Arme schloss, erlosch das Leuchten in ihren Augen. Ihr Freudentaumel wich der Erschütterung, und Enttäuschung legte sich über ihre Gesichtszüge. Niemand bemerkte die Veränderung, die in ihr vorging, als sie plötzlich den rundlichen Mann in mittleren Jahren vor sich stehen sah. Es fiel ihr schwer zu glauben, dass dies ihr Sohn sein sollte, ihr Samaan, der siebzehnjährige Bursche, der sie in seine starken Arme genommen und ihr auf beide Wangen einen Abschiedskuss gedrückt hatte.

„Samaan wird heiraten", verkündete Hanne am nächsten Morgen. „Ich weiss bloss noch nicht wen."

Doch darüber sollte sie nicht lange im Ungewissen bleiben. „Samaan hat bei Abu Farhud um die Hand seiner Tochter Leila angehalten!" lautete die frohe Botschaft, die sie uns bereits einen Tag später freudestrahlend ins Haus rief. Die Verlobung dauerte nur wenige Tage, gerade so lange, wie die Hochzeitsvorbereitungen in Anspruch nahmen.

„Leila hat das grosse Los gezogen. Ihr wird das Glück auf dem goldenen Tablett präsentiert", meinte Saada, die mit untergeschlagenen Beinen auf der Steinbank vor Angelinas Haus sass und darauf wartete, dass für ihre beiden hässlichen Töchter das „grosse Glück" vorbeikäme.

„Ach, was hat Geld schon zu bedeuten", wehrte Nadschla ab und fuhr sich mit der Hand durch das kastanienbraune Haar.

„Mein Kind", wurde sie von Angelina belehrt, „wenn du einen alten Mann heiratest, wirst du verwöhnt. Von einem jungen dagegen wirst du schnell vernachlässigt."

Für die jungen Männer gab es, wenn sie in den engen Dorfgassen beieinanderstanden, die ganze Woche über nur das eine Gesprächsthema.

„Bruderherz, ich sage dir, die Dollars machen das Leben süss. Ihnen fliegen die schönsten Mädchen im Land zu."

„Radschi hat weiss Gott recht. Auswandern ist das einzig Wahre."

Und wenn auch vorher neidische Bemerkungen fielen, so verhallten sie alle in dem prunkvollen

Hochzeitsfest, das „Simon" für seine Auserwählte veranstaltete.

Ich kann mich nicht mehr erinnern, wie Leila vorher war. In meinem Gedächtnis ist nur das Bild von ihr lebendig geblieben, wie sie dasteht, von Freudentrillern und den jungen Mädchen des Dorfes umringt, und nach den Anweisungen der Friseuse den Kopf hebt oder neigt. Hanne, die kein gesellschaftliches Ereignis auslässt, tritt hinzu und ruft: „Ihr müsst ihr den Schmuck anlegen. Wo bleiben die Halskette, die Ohrringe, die Armreifen. Zieh am besten gleich zwei Halsketten an, mein Schatz, schliesslich bist du die Braut!"

„Aber Hanne, das ist doch geschmacklos", widerspricht Nadschla. „Sie muss jedesmal, wenn sie sich umzieht, die zur Garderobe passende Halskette tragen. Meine Güte, dass die Leute die Braut immer so herumstossen müssen!"

Ich beobachtete die routinierten Finger, die an der Braut herumhantierten. Jede der Frauen wollte bei der Verschönerungsaktion ihr Geschick unter Beweis stellen, und Leila musste als Versuchsobjekt herhalten.

„Weniger Antimon. Dieser Lippenstift passt nicht zum Kleid."

„Das Haar muss über die Schultern fallen."

„Wo ist das Parfum? Nun sprüh schon, Hanne, ah, das riecht gut!"

Die Hochzeit schien jede der anwesenden Frauen persönlich zu betreffen, mit Ausnahme der

Braut. Leila war weit weg in einer anderen Welt. Ich sah ihr an, wie sie hilflos, unfähig, einen klaren Gedanken zu fassen, von der reissenden Strömung auf einen bestimmten Punkt zugetrieben wurde. Als unsere Blicke sich begegneten, spürte ich, dass sie sich ihrer Lage bewusst war. Sie war sich darüber im klaren, dass sie ein Opfer bringen musste, ein grosses Opfer, um ihre Familie aus der Armut zu befreien. Ihre Worte haben sich mir tief ins Herz eingegraben. Es hat mir die Seele zusammengeschnürt, als sie mich fragte:

„Was hältst du von dem Bräutigam, Muna? Glaubst du, dass ich mit ihm glücklich werde?"

„Wenn du es so willst ...", erwiderte ich unsicher und suchte etwas, an dem ich mich festhalten konnte. Da wandte sie sich ab und wischte sich eine Träne aus dem Augenwinkel, damit sie nicht herunterliefe und die farbenfrohe Maske zerstörte, die ihr die Mädchen auf das Gesicht gemalt hatten. Warum hast du das getan, Leila? Für wen?

Ich betrat das Brautzimmer. In dem Hochzeitskleid unter ihrem weissen Schleier sah Leila aus wie eine Taube. Als ich sie auf ihren Polstern thronen sah, musste ich an das Märchen von dem hungrigen Drachen und der schönen Königstochter denken. Jedes Jahr kam der Drache in die Stadt und verlangte eine Jungfrau, um sie zu verschlingen. Nun war das Los auf die schöne Prinzessin gefallen, und sie musste an den Meeresstrand gehen. Dort sollte der Drache sie holen. Mit vor der Brust gefalteten

Händen, demütig gesenkten Augenlidern und schicksalsergebenem Gesicht stand das arme Mädchen ruhig da, während der Drache immer näher und näher kroch ... Suchend drehte ich mich um. Irgendwo musste doch jetzt ein Held auftauchen, der das schöne Mädchen den Klauen des Ungeheuers entriss, ihm seine scharfe Lanze in den Rachen stiess und den Drachen besiegte. Ein Bild von diesem Helden hing bei uns in der Kirche. Aber er kam nicht. Tatenlos überliess er Leila dem Drachen.

Als hätte sie meine Gedanken gespürt, sah Leila mich an und fing an zu weinen. Da flüchtete ich zu Mirsal, die in einer Ecke sass und mit den andern klatschte und trillerte. Für sie war es ein Mittel, mit dem sie ihren Kummer zu betäuben versuchte. Sie brauchte etwas, was sie die Wirklichkeit vergessen liess und ihr den unerträglichen Druck von der Seele nahm. Die Freudentriller, die aus ihrer Kehle kamen, hörten sich an wie die Hilferufe einer Ertrinkenden mitten im Ozean, für die es weit und breit keine Rettung gibt. Und von den schweigenden Wänden meines Herzens hallte ihre Stimme wider, während wir gemeinsam Leila das Abschiedsgeleit gaben und zusahen, wie sie ihre zitternde Hand auf den Arm des Bräutigams legte.

Am folgenden Tag verfiel das Dorf wieder in seinen gemächlichen Alltagstrott, und jeder ging seiner Arbeit nach.

Vor dem kleinen Schlafraum, in dem Leila die erste Nacht mit ihrem Bräutigam verbracht hatte, stand ihre Mutter, hob mit stolzem Lächeln das blutbefleckte Brauthemd in die Höhe und rief:

„Komm her, Umm Samaan! Komm, und gib deiner Schwiegertochter einen Kuss!"

Warum hat Mirsal mir ihre Blätter überlassen? Warum nur? Sie hat sie vielleicht abgestreift, so wie die Pappeln ihre Blätter fallen lassen, wenn die Zeit dafür gekommen ist.

Die Zeit ist weitergelaufen. Sie hat ihren Weg fortgesetzt und dabei ihre Fussspuren auf dem vergilbten Papier hinterlassen.

Ich sollte deine Blätter aufbewahren, Mirsal. Ich hätte sie unter Glas legen müssen, um sie zu konservieren wie ein präpariertes Tier in einem Laboratorium. Aber ich kann nun mal den Geruch von Laboratorien nicht ausstehen, und das hast du doch auch nicht gewollt. Wenn ich allein bin, hole ich sie hin und wieder hervor, halte sie zwischen den Fingern und streiche mit den Augen über die Seiten. Manchmal würde ich sie am liebsten nehmen und in die Flammen werfen. Aber kann ein Mensch sich die Adern der Erinnerung einfach ausreissen?

Deine Stimme klingt mir wieder im Ohr:
„Sturmwind aus dem Süden, blase,
wehe mich zu meinem Liebsten.
Wohin, sagt, Septembervögel,
lasst ihr euch im Gleitflug tragen?

Hat der Zufall euch vielleicht
auch zu meiner Lieb geführt?
Nimm mich mit, geblähtes Segel,
nimm mich mit in ferne Länder."

Deine Empfindungen, deine Träume sind kostbar, Mirsal. Was mag aus ihnen geworden sein? Sind deine Träume wahr geworden? Ein Schiff hat dich tatsächlich in ein fernes Land mitgenommen, und dein Bild ist irgendwo im Ozean versunken. Aber hast du deinen Liebsten jemals erreicht? „Ich sehe ihn ...", hast du damals geschrieben.
„Ich sehe meinen Liebsten, wie ein Gott
schreitet er über seine Ländereien.
Ich sehe ihn auf dem Gipfel des Hermon und
wenn der Frühlingswind durch die Mandelblüten streicht.
Im Grün, das die Ebene überzieht und
in den Massliebchen sehe ich ihn.
Jede Faser meines Seins ist von Liebe durchdrungen.
Ich höre meinen Liebsten,
wenn die Vögel zwitschern,
die Schwalben flüstern,
wenn die Sonne lacht über unserem Land
und das Wasser durch das Wadi rauscht."

Nun liegen deine vergilbten Blätter matt zwischen meinen Fingern, angenagt vom Zahn der Zeit, und haben Sehnsucht nach dir, Mirsal. Sie suchen dich, so wie du ihn gesucht hast auf den Berggipfeln und in den Ebenen.

Was meinst du, Mirsal, ob der Weg zur Quelle auch Sehnsucht hat nach uns?

Eines Abends, wir waren mit den Tonkrügen unterwegs zur Quelle, sagte Mirsal: „Jetzt hat Radschi einen Termin für seine Abreise festgesetzt. Morgen früh will er nach Beirut fahren und sich die Papiere besorgen." Danach schwieg sie. Ihr Schweigen zog sich den ganzen Weg entlang bis zur Quelle.

An dem Abend wimmelte es nur so von Menschen und Tieren auf diesem Weg. Die vielen Gesichter lenkten meine Aufmerksamkeit von Mirsal ab. Auch begegneten wir hin und wieder älteren Leuten, die wir mit dem gebotenen Respekt zu grüssen hatten. Eine ganze Weile standen wir und warteten, bis wir an der Reihe waren, unsere Krüge zu füllen. Dabei lauschten wir der Symphonie des Abends, die um diese Quelle des Lebens gespielt wurde.

Eine Frau flüsterte einer Freundin den letzten Skandal ins Ohr, der ihr selbst vom Hörensagen bekannt war. Anderen konnte es nicht schnell genug gehen, bis der Krug voll war. Sie hatten es eilig, wieder nach Hause zu kommen, damit das Essen auf dem Herd nicht anbrannte, oder sie mussten zurück zu dem Kind, das zu Hause allein in seinem Bettchen sass. Um das grosse Steinbecken herum standen die Esel und Rinder und labten sich, angespornt von den Pfiffen der Hirten und Fellachen, ebenfalls an dem kühlen Nass.

Mirsal liess schweigend die Augen wandern. Dann nahm sie den Krug auf die Schulter, ich liess mir von einer Frau helfen, das schwere Gefäss aufzuheben, und wir kehrten so beladen denselben Weg wieder zurück. Unablässig kreisten die Gedanken in unseren Köpfen, aber unter der Last der gefüllten Krüge wurde uns selbst das Sprechen zu anstrengend. Die Abenddämmerung sank zwischen die Häuser und liess die Gassen noch enger und verlassener erscheinen.

An der Abzweigung zu ihrem Haus verabschiedete Mirsal sich von mir, nachdem ich ihr zuvor hatte versprechen müssen, sie später zu besuchen. Eigentlich wäre ich in so einer kalten Nacht lieber früh zu Bett gegangen oder hätte mich an die Feuerstelle gesetzt und zugesehen, wie die blauen und roten Flämmchen um die Eichenholzscheite tänzelten und sie allmählich auffrassen. Aber Mirsals Einladung konnte ich einfach nicht ausschlagen. Wie von selbst liefen meine Füsse den Weg zu ihrem Haus hinunter.

Mit einem warmen Lächeln begrüsste mich Mirsals Mutter, Umm Schafiq, an der Tür und führte mich hinein zum neuen Ofen. Gemessen an den übrigen Häusern des Dorfes bewohnte die Familie ein modernes Haus. Schon bei der Bauplanung hatte Mirsals Vater die traditionelle Feuerstelle durch einen geschlossenen Ofen ersetzt, der Wärme ausstrahlte, ohne die weiss getünchten Wände zu verrussen. Durch die offene Feuerstelle erhielten Decke und Wände des Raumes, in dem man sich den Winter über aufhielt, mit der Zeit einen glänzend schwarzen Überzug.

Ich setzte mich zu Mirsal, ihre Mutter zog sich mit einer Strickarbeit zurück, und wir verbrachten den Abend mit Kartenspielen und knabberten dazu geröstete Kichererbsen, getrocknete Feigen und Rosinen.

Abu Schafiq war ganz vertieft in eine Zeitung. Seine Stimme hörte ich an diesem Abend nur, als er mich willkommen hiess, und zum zweitenmal, als er meinen Abschiedsgruss erwiderte. Er war ein ruhiger Mann, der gern seinen Gedanken nachhing und wenig sprach.

Umm Schafiq war eine recht angesehene Frau im Dorf. Sie hatte ein hübsches, hellhäutiges Gesicht, umrahmt von kastanienbraunem Haar, und darin ruhten Mirsals grüne Augen. Mir kam es immer vor, als läge ein stiller Kummer wie ein Schleier über dem schönen Gesicht. Die Ursache dafür war, dass ihr Ältester sie verlassen hatte, noch bevor er den Kinderschuhen entwachsen war.

Es war nun zehn Jahre her, dass Schafiq fortgegangen war. Dies war in erster Linie der Wunsch seiner Tante in Amerika gewesen. Abu Schafiqs Schwester lebte als reiche, kinderlose Witwe in den Staaten. „Ich bin bereit, alle Kosten zu übernehmen", hatte sie geschrieben. „Gebt dem Jungen eine Zukunft und schickt ihn zu mir. Hier kann er etwas Ordentliches lernen. Und wenn er seine

Ausbildung beendet hat, kann er wieder zurückkommen ..." Nach Abschluss seiner Ausbildung hatte Schafiq schon bald seinen Eltern den Entschluss mitgeteilt, dass er bleiben wolle. „Liebe Eltern, hier kann ich mir mein Wissen zunutze machen, aber ich weiss nicht, was ich damit anfangen sollte, wenn ich ins Dorf zurückkäme. Doch ich werde Euch bestimmt besuchen. So Gott will, komme ich jeden Sommer ..."

Umm Schafiq zeigte sich niemals mürrisch. Immer behielt sie die Nerven und bewahrte ihre zurückhaltende Eleganz. Nur die schönen Augen waren von einem zarten Trauerschleier umflort. Vor ihrer Mutter hatte Mirsal keine Geheimnisse, und beide waren sich darin einig, dass sie den Vater nicht mit ihren Privatangelegenheiten zu behelligen brauchten.

Als sie mich an jenem Abend zum Abschied an die Haustür begleitete, drückte mir Umm Schafiq warm und herzlich die Hand und sagte: „Mirsal ist deine Schwester, Muna. Lass sie nicht im Stich. Sie weiss deine Ratschläge sehr zu schätzen."

Am Morgen von Radschis Abreise war das ganze Dorf früh auf den Beinen. Vom kleinsten Kind bis zum ältesten Greis zogen alle hinaus auf den „Abschieds"-Platz. Niemand hätte mehr zu sagen gewusst, seit wann der Platz diesen treffenden Namen trug und wer ihn so getauft hatte. Seit Jahrzehnten fanden sich die Dorfbewohner hier ein, um die Auswanderer zu verabschieden, und der Platz schloss sie still in die Arme, hörte sich ihre Seufzer an und trank ihre Abschiedstränen. Radschi verspätete sich ein wenig, denn er musste noch bei einer Reihe von kranken und alten Leuten vorbeigehen und sich von all denen verabschieden, die zu schwach waren, um auf den Platz hinauszukommen. Alle Augen waren erwartungsvoll auf den Weg gerichtet, auf dem er auftauchen musste. Als Radschi erschien, ergriff sein Vater seinen rechten Arm, und man hörte, wie mehrere Frauen nur mühsam ein Schluchzen unterdrückten.

„Radschi, grüsse unsere Verwandten drüben ..." hiess es nun, und: „Sag Abu Dib, er könnte ruhig mal wieder an uns denken. Er hat schon ewig nichts mehr von sich hören lassen."

„Gott sei mit dir, mein Sohn. Und lass dich in der Fremde nicht unterkriegen."

„Ein Mann muss hinaus in die Welt. Gib deinem Herzen einen Stoss, Abu Radschi, erteile ihm deinen Segen und bitte Gott um seinen Beistand."

So schwirrten die Abschiedswünsche durch die Luft, während Radschi unzählige Hände schüttelte, sich über zitternde Finger beugte, die den Knauf eines Krückstockes umklammert hielten, von liebevollen Armen gedrückt, von den älteren Frauen geküsst wurde und sich hin und wieder eine Träne von der Wange wischte. Besonders eilig ging er an den Reihen der jungen Mädchen vorüber, gefolgt von scheuen Blicken und bewundernden Seufzern. Die jungen Männer sahen ihm zum Teil etwas neiderfüllt nach. Radschi war drauf und dran, Träume zu verwirklichen, die sie selbst sich tagtäglich ausmalten. Bei seinem Abschiedsrundgang vergass er auch die Kinder nicht, die schüchtern ringsum auf den Steinen hockten und dem Schauspiel schweigend zusahen. Schliesslich ging er auf seinen Vater zu und warf sich an seine Brust wie ein vom Sturm gejagter Vogel. Zuckend lag das Gesicht des alten Mannes auf seiner Schulter, und die Tränen brannten auf den dunklen, faltigen Wangen. Zitternd fuhr ihm die schwielige Hand über Augen und Haar. „Ach, mein Junge! Wäre ich doch nur schon gestorben ..."

„Lass ihn, Abu Radschi", unterbrach ihn Hannes Ruf. „So etwas sagt man nicht!"

Radschi riss sich von der bebenden Brust los und stieg schnell in den Wagen, der am Strassenrand wartete. Dann heulte die Feuermaschine auf und machte sich daran, den weiten Weg zu verschlingen. Radschi winkte mit einem weissen Taschentuch, bis die Anhöhen ihn unseren Blicken entzogen.

Wie angenagelt stand sein Vater da. Die Füsse waren ihm unter der Last des Kummers schwer geworden und in die feuchte Erde eingesunken. Immer wieder traten ihm die Tränen in die Augen und verschleierten seinen Blick, der über die Ebene schweifte und den Abreisenden einzuholen versuchte. Er hatte darauf verzichtet, Radschi bis zum Hafen zu begleiten. Mochten seine Freunde mit ihm fahren und dort von ihm Abschied nehmen. Er selbst hatte sich vorgenommen, erst in die Stadt zu fahren, wenn Radschi zurückkäme. Dann wollte er am Quai stehen und ihn empfangen.

Abu Ilias ging auf Abu Radschi zu und legte dem Freund die Hand auf die Schulter, um ihn aus seinem Schmerz zu reissen. Gemeinsam schlossen sich die beiden Männer dem schweigenden Zug an, der sich zurück auf das Dorf zu bewegte.

Den ganzen Tag über wartete ich voller Ungeduld auf Mirsal. Sie hatte sich in ihrem Seelenschmerz zurückgezogen und zeigte sich nicht. An den Qualen, die sie erlitt, erstickte sie fast. Am Abend endlich tauchte sie auf. Sie ging so zögernd auf unser Haus zu, dass es aussah, als käme sie zum erstenmal in ihrem Leben her.

„Bist du allein, Muna?"

„Komm herein, Mirsal."

„Hast du dich von ihm verabschiedet, Muna? Gib mir deine Hand. Haben diese Finger seine starke Hand berührt? Ich will sie küssen. Lass mich seine Spuren mit den Lippen berühren. Sag doch etwas, Muna. Du bist meine letzte Zuflucht. Das Schweigen bringt mich fast um ..." Erschöpft liess sie sich auf den Diwan sinken.

„Sein letzter Blick, mit dem er unser Haus gestreift hat, ist mir bis ins Herz gedrungen. Das ist alles, was mir von ihm geblieben ist. Ich hab' mich nicht getraut, auf den „Abschieds"-Platz zu kommen. Ich hatte Angst, ich könnte vor seinen Augen zusammenbrechen. Ach, Muna, die ganze Nacht habe ich kein Auge zugetan. Dauernd habe ich leise Schritte gehört, die um unser Haus herumgegangen sind. Aber ich habe es nicht gewagt, aus dem Fenster zu sehen. Ich wollte nicht feststellen müssen, dass alles nur Einbildung war. Ich hatte Angst, meine Träume könnten einstürzen. So haben die Schritte eben die ganze Nacht lang auf meinen Nerven und Augenlidern herumgetrampelt und mich um den Schlaf gebracht. Am Morgen bin ich aus dem Bett gesprungen, habe mein schönstes Kleid angezogen und habe mich hinter das Fenster gestellt, von dem aus man die Strasse am besten im

Auge hat. Ich musste ihn fortgehen sehen. Ich musste sehen, wie unsere Wege sich trennen. Auf dem Platz war er sozusagen Allgemeingut. Mich dort in der Menge von ihm verabschieden, nein! Der Gedanke war für mich unerträglich. Wie Stahlräder sind die Minuten über mich hergerollt und haben meine Nerven plattgewalzt. Als ich ihn schliesslich auf der Strasse gesehen habe, wie er hinter seinem Vater herging, da war es auch mit meinen letzten Kräften endgültig vorbei. Ich musste mich am Fenstergriff festhalten. Meine Blicke haben das Glas durchbohrt. Er muss gespürt haben, dass ich da stand und auf ihn gewartet hatte. Das habe ich mir nicht eingebildet, Muna. Er hat sich kurz umgedreht und mir einen letzten Blick zugeworfen, einen flehenden Blick voller Schmerz und Emotionen. Dann ist er hastig weitergelaufen, als wären sie ihm mit der Flinte auf den Fersen. Aber dieser Blick von ihm genügt mir. Ich werde ihn in mir bewahren. Er wird mich am Leben erhalten. Als er fort war, habe ich mich auf den Fussboden fallen lassen, habe mit dem Kopf gegen die Fliesen geschlagen und versucht, mich zu betäuben. Ich weiss nicht, wie lange ich so gelegen habe, die Lippen gegen die kalten Fliesen gepresst und sie mit meinen Tränen überschwemmend. Es war so hart, so schmerzhaft. Ich glaube, es war der wahnsinnigste und schmerzvollste Moment, den ich je erlebt habe und je erleben werde."

Ich legte ein Stück Holz nach gegen den Frost, der sich um die Feuerstelle gelegt hatte, und für Mirsal, der die Zähne klapperten und die Hände zitterten. Es war, als ob sie etwas suchte, an das sie sich halten könnte, und da sie nichts fand, blieb sie fragend und ratlos im Raum hängen.

Die Eintönigkeit der folgenden Tage war zermürbend. Jeden Morgen aufs neue gähnte sie mir von den Wänden meines Zimmers entgegen. Und jeden Abend sah ich zu, wie meine Grossmutter den verstrichenen Tag mit einer bedächtigen Handbewegung abstreifte, ins Feuer warf und zählte, was vom Monat noch blieb. Wenn ich an die Schwerfälligkeit zurückdenke, mit der diese Zeit verging, überkommt mich noch heute ein Schüttelfrost. Ich weiss nicht, warum die Tage zwischen den Ritzen des Dorfes so schleppend verliefen.

Der Winter war lang und hart in jenem Jahr. Ich verbrachte ihn mit sehnsüchtigem Warten. Worauf ich damals wartete, weiss ich bis heute nicht. Ein magischer Faden zog mich in die Ferne hinter unserem Horizont dem Unbekannten entgegen. Ich konnte stundenlang meinen Träumereien nachhängen. An manchen Tagen zeigte sich der Winter auch von der freundlichen Seite. Dann jauchzte die Sonne über den schneebedeckten Bergen und den mit immergrünen Pinien bewaldeten Hügeln. Ich glaube fest daran, dass die Dorfbewohner deshalb so grüne Augen haben, weil sie das Grün, das auf den Hügeln ringsum wogt, reflektieren.

An einem solchen strahlenden Tag, die Sonne schien voller Verlangen auf unsere Felder nieder, küsste die perlenden Wassertropfen von den Grashalmen und wischte der Erde die feuchten Wangen ab, ging ich mit Mirsal und Nadschla hinaus in die Nähe der Wassermühle, um wilde Wegwarte, Mangold, Malven und Lauch zu sammeln.

Jetzt sehne ich mich nach diesen Streifzügen durch die freie Natur. Ich spüre ein Drängen in meiner Brust, das mich auffordert, aus der Enge zwischen den Mauern der Stadt auszubrechen und mit dem Wind dorthin zu fliegen, wo das Auge über weite Ebenen schweifen kann, ohne gegen staubige Mauern zu prallen und ohne von fremden Blicken in die Schranken verwiesen zu werden, Blicken, die als Schreckgespenster durch die Strassen der Stadt geistern, die einem die Kleider vom Leib reissen und sich bis ins Knochenmark fressen.

Ich kann mich noch an das tiefe Glücksgefühl erinnern, das mich durchströmte, als ich über den Mangoldteppich blickte, mich fast ehrfürchtig niederbeugte und mit dem Messer in die feuchte Erde stach, um meinen Korb mit ihren Gaben zu füllen. Dann konnte ich eine Zärtlichkeit spüren, mit der die Erde mich anzog, so dass ich unwillkürlich niedersank, damit sie mich mit ihrem Atem durchdringe und mir ihre Steinchen in die Knie drücke. Ich schwebte in anderen Sphären, fühlte mich leicht und beschwingt, bis Nadschlas und Mirsals Stimmen mich aus meinem Zwiegespräch mit der

Erde zurückholten. Es machte mich ein wenig neidisch zu sehen, dass ihre Körbe inzwischen wesentlich voller geworden waren als meiner, aber das war nun mal der Preis für meine Träumereien.

Wir gingen zur Mühle, wo wegen der Schneeschmelze auf den Gipfeln der nahen Berge das Wasser reichlich sprudelte und wie von geheimer Zauberkraft getrieben dem Wadi in die Adern floss. Ich stimmte in das Lied der Mühlsteine ein, die sich unablässig drehten und die dunklen Körner zermalmten und deren Singsang von den Biegungen des Wadis weitergetragen wurde. Die-Mühlsteine mit ihren Umdrehungen waren für mich ein Symbol der Zeit, die uns in jedem Augenblick unseres Daseins abwetzt. Ich liess Mirsal und Nadschla plaudernd am Flussufer stehen und ihre Kräuter waschen und stieg auf das Dach der Mühle, um mich ganz von dem Zauber der vielfältigen Geräusche, der frühlingshaften Gerüche und der Fäden der Wärme einnehmen zu lassen. Hin und wieder fiel über Mirsals Gesicht der Schatten ihres Kummers. Ich sah zu Nadschla hinüber, und mir fielen die Bemerkungen ein, die Hanne am Vorabend über sie hatte fallen lassen. Was würde aus ihr werden? Wohin würden die bösen Zungen sie treiben? Wo würde Nadschla landen, wenn sie auf Hannes Schwatzhaftigkeit ausglitte?

„Hast du schon das Neueste gehört, Angelina? Weisst du, was man sich erzählt?"

Dabei kündigte der geheimniskrämerische,

wichtigtuerische Unterton ihrer gedämpften Stimme bereits an, dass das, was man sich erzählte, äusserst bedeutungsvoll sei. Für einen Menschen allerdings, der tagein tagaus nichts anderes tut als zu registrieren, wie oft seine Mitmenschen ein- und ausatmen, ist jede Kleinigkeit von Bedeutung.

„Die Leute sagen, dass Nadschla Kamal liebt. Die beiden sollten sich was schämen!"

Das also war die grosse Neuigkeit. Irgendjemand hatte die Entdeckung gemacht, dass Kamal Nadschla liebte oder umgekehrt. „Entdeckung", das ist wohl der treffende Ausdruck für dieses Phänomen. Ganz gleich, ob es sich um wichtige Dinge handelt oder um Kleinigkeiten, im Bewusstsein des Dorfes existieren sie solange nicht, bis Menschen wie Hanne darauf stossen und sie „entdecken".

Die Nachbarn fingen an, sich darüber den Kopf zu zerbrechen, warum Kamal immer so herumtrödelte, wenn er in die Nähe des Hauses von Nadschlas Familie kam. Warum ging er überhaupt so häufig dort vorbei in letzter Zeit? Hatte er einen Grund? Waren es vielleicht am Ende die Zauberfäden, die Nadschla von ihrem Fenster aus spann, die ihn anzogen?

Sie stand hinter dem Fenster und wagte nicht, es zu öffnen. Ihr Gesicht lehnte am Holzrahmen, und sie spickte verstohlen durch einen schmalen Spalt auf die schlanke Gestalt, die durch die Gasse schlenderte. Ja, es war Kamal, der um das Haus herumstrich. Am liebsten wäre er auf den Knien zu ihrem Vater gekrochen, um sie zu bekommen, indessen ...

Eine dicke, gnadenlose Mauer trennte sie voneinander. Allein über dieses Thema zu sprechen, war tabu. Nadschla gehörte einer anderen Konfession an als er, und er wusste, was ihn erwartete, wenn er den Mund auftäte und irgendjemandem gegenüber auch nur die geringste Andeutung diesbezüglich machen würde. Die Brüder und Cousins würden ihn lynchen.

So beruhte die Entdeckung auf den Mutmassungen der Nachbarn, die vom Balkon oder aus dem Fenster sahen und die Schritte des dunkelhäutigen jungen Mannes massen, die unwillkürlich auf ihr Ziel zusteuerten.

„Es wäre weiss Gott besser für sie, wenn sie sterben würde, schon allein, um ihre Ehre zu retten!"

Hannes Stimme trommelte mir wieder im Ohr, zerrte an meinen Nerven, und ich sah ihren Mund auf und zu gehen, während ich Nadschlas Hände beobachtete, die arglos die wilden Pflanzen ins Wasser tauchten, um den Staub abzuwaschen.

„Schüchtern sind die Mädchen von heute ja überhaupt nicht mehr", stimmte Saada in den allgemeinen Tratsch ein. „Wir hätten doch nicht gewagt, der Liebe einfach so freien Lauf zu lassen. Aber heutzutage gibt es wohl kein Schamgefühl mehr."

„Was man in einem langen Leben nicht so alles hört", wunderte sich Angelina. Das übliche

Kränzchen hatte sich auf der Steinbank vor ihrem Haus zusammengefunden. Die Abenddämmerung brach herein, und je näher die Nacht rückte, desto eifriger wurde das Getuschel. Während ich abseits stand, ihnen zuhörte und ihr Mienenspiel verfolgte, verwandelten sich die Gesichter plötzlich in Raubtierfratzen, die sich über einen Kadaver hermachten.

Aus Hannes Stimme konnte man fast so etwas wie Schadenfreude heraushören, und Saada schien all den Groll, der sich über Jahre hinweg in ihrer Brust angestaut hatte, aus sich herausfliessen zu lassen. Saada war Mutter von zwei Töchtern, denen Gott jegliche Anmut und Schönheit versagt hatte. Sie waren so hässlich, dass sie lebenslänglich vor Männern sicher waren! Nadschat, die ältere der beiden Schwestern, besass eine ausserordentlich scharfe Zunge, die mit ihrem Gesicht in Einklang stand. In der Hinsicht konnte sie es durchaus mit ihrer Mutter aufnehmen. Lamia, die Jüngere, lebte im Schatten von Mutter und Schwester, plapperte deren Geschwätz nach und freute sich über die Grobheiten und Sticheleien, die über die Türschwelle strömten.

Wenn Saada sich über irgend etwas empörte, was bei ihr immer einen Redeschwall auslöste, liess sie erst die Zöpfe hängen und zog die tiefe Furche zwischen den Augen, in der all ihr Ärger eingegraben war, noch tiefer. Dann machte sie den Mund auf und stiess glühende Lava aus. Dabei bebte sie vor Erregung am ganzen Leib vom Scheitel bis zum Dreck unter ihren Fussohlen. Saada wohnte in Nadschlas unmittelbarer Nachbarschaft. So wurde sie ständig von den Pfeilen der Eifersucht durchbohrt, wenn sie deren hübsches Gesicht sah, die anmutige Haltung, die graziösen Bewegungen, ihre einfachen und doch eleganten Kleider. Immer wieder zog sie Vergleiche zwischen Nadschlas Erscheinung und dem, was Nadschat und Lamia an natürlichen Gaben fehlte.

Nadschla war das einzige Mädchen von fünf Geschwistern. Hani war ihr ältester Bruder. Ihre Mutter Salma hatte sie von früh auf an ein bequemes Leben gewöhnt, wobei ihr auch die Tätigkeit ihres Mannes zustatten kam. Abu Hani war der Besitzer des einzigen Ladens im Dorf. Nadschla war das erste Mädchen, das sich rote Bänder ins Haar flocht, und die erste, die eine Friseuse von ausserhalb zu sich bestellte. Auf ihrem kleinen Tisch standen reihenweise Fläschchen mit Schönheitsmitteln, was den Neid der anderen Mädchen erregte und Saada dazu bewog, die Geschichte von einer Zauberin zu erfinden, die eine Wunderpaste für Nadschlas Gesicht zusammengebraucht haben sollte.

„Was fällt Abu Hanis Tochter eigentlich ein? Die hat doch jeden Tag was Neues an. Das gehört sich einfach nicht!" hatte sich Saada einmal in der Runde bei Angelina ereifert, woraufhin Hanne erklärte: „Bei solchen Mädchen drückt Gott auch mal ein Auge zu!"

Mirsals Stimme rief mich wie aus weiter Ferne in die Gegenwart zurück. Ich lief zur Bewässerungsrinne, wusch meine Kräuter und ertränkte alle weiteren Betrachtungen im Wasser.

Das schmerzhafteste Gefühl für einen Menschen ist die Einsamkeit. Er fühlt sich so völlig allein auf dieser Welt, dass er schliesslich glaubt, alle Lebewesen seien vom Erdboden verschwunden und nur er sei zurückgeblieben. Er hört kein Geräusch mehr, sieht nicht einmal mehr einen zitternden Zweig. So erging es Abu Radschi an den Tagen nach der Abreise seines einzigen Sohnes. Er ging zurück in das verlassene Haus, streifte die Schuhe ab, liess sich auf das Polster neben der erkalteten Feuerstelle sinken und blieb lange so sitzen, bis Abu Ilias kam und ihn zu einer Partie Tricktrack herausforderte. Zu anderen Zeiten wäre Abu Radschi begeistert auf diesen Vorschlag eingegangen. Jetzt aber warf er die Steine lustlos über das Spielbrett und starrte mit leeren Augen vor sich hin. Alle Augenblicke stand er auf, um einen Blick nach draussen zu werfen, kam zurück und spielte weiter. Sein Mund war unter der Last der Enttäuschung verschlossen.

Abu Radschi hatte derartige Gefühle schon einmal erfahren. Damals, als Umm Radschi gestorben war, hatte er dieselbe Leere gespürt, war ihm die Kälte ins Herz geweht, und der Stein der Trauer hatte sich schwer auf seine Brust gelegt. Aber die Zeit hatte den Druck von ihm genommen und den Schmerz zerstreut, bis er fast selbst daran glaubte, dass der Tod der Ehefrau nicht viel schlimmer sei als eine Ohrfeige, wie Hanne sich ausdrückte. Radschi hatte mit dem Licht seiner Erscheinung und der Hitze seiner Jugend wieder Leben ins Haus gebracht. Täglich waren seine Kameraden bei ihnen ein- und ausgegangen. Wenn sie zusammensassen und den Träumen der Jugend nachhingen, dann war der alte Mann mit ihnen auf den Flügeln der Erinnerung zurückgeglitten in die Zeit, als er selbst jung gewesen war. Er hatte über vieles lächeln können, dem er damals grosse Bedeutung beigemessen, was sich aber mit den Jahren als nichtig herausgestellt hatte. Nun ging Radschi diesen Weg, geleitet vom Tatendrang der Jugend, nach dem die Alten sich zurücksehnen.

Häufig hatte der alte Mann von Dingen geträumt, die er sich selbst nicht einzugestehen wagte, aus Angst, sie könnten sich als Seifenblasen entpuppen und zerplatzen. So hatte er Radschi schon vor sich gesehen, wie er glücklich und zufrieden mit seiner Braut im blütenweissen Hochzeitskleid am Arm durch die Tür des Hauses trat. Dann war er in Gedanken von der Hochzeitsszene übergesprungen zu einem Kreis lärmender Kinder, seinen Enkeln. Eines kletterte ihm auf den Rücken und zupfte an seinem Schnurrbart oder tätschelte ihm mit seiner kleinen Hand die Glatze, kitzelte ihm die Wangen und bettelte, er solle ihm die Geschichte von der schönen Dämonin erzählen. Mit verlegenem Lächeln hatte Abu Radschi diese Träume abgeschüttelt und sich wieder seiner Arbeit zugewandt, hatte die Spitzhacke genommen und war hinausgegangen in den Garten, um seine Beete zu jäten, oder das Beil, um das Eichenholz für den kommenden Winter in Scheite zu spalten.

Nun aber, da er Abu Ilias gegenübersass, klang ihm förmlich das kriechende Geräusch der Zeit in den Ohren, und die Tage hinterliessen einen staubigen Nachgeschmack auf seiner Zunge. Plötzlich gab es keinen Weg mehr, der ihn zur Erfüllung seiner Träume geführt hätte. Er versuchte, sich Radschis Gesicht vorzustellen, das in der Türöffnung auftauchte, so wie früher, aber sein Gedächtnis liess ihn im Stich. Als klarstes Bild von seinem einzigen Sohn hatte sich eine Hand in seine Erinnerung eingemeisselt, die ihm an einem kalten Morgen mit einem Taschentuch zuwinkte. Der Schmerz überwältigte ihn, und Tränen traten ihm in die Augen, liefen durch die Furchen seines Gesichtes und tropften auf den niedrigen Tisch vor ihm.

„Na komm schon, alter Freund! Was ist los? Alles hat seine Grenzen ..." versuchte Abu Ilias ihn mit gespielter Fröhlichkeit aufzumuntern. „Gott ist gnädig, Abu Radschi. Du wirst schon sehen, du machst nur einmal die Augen zu und wieder auf, und im Nu ist die Zeit verflogen, und er ist wieder da. Radschi wird dich doch nicht einfach im Stich lassen. Wart's nur ab. Bald schickt er dir die Fahrkarte, und dann fährst du zu ihm."

Doch Abu Radschi schüttelte nur den Kopf. „Ich weiss nicht, Abu Ilias. Ich weiss überhaupt nichts mehr."

Von nun an besuchte Abu Ilias seinen Freund täglich. Die beiden Männer sassen am Feuer, schlugen die Zeit mit Jugenderinnerungen tot und spielten Tricktrack und Karten. Dabei war die Wasserpfeife Abu Ilias' treue und ständige Begleiterin, ausser während des kleinen Spazierganges durch die engen Gassen, den sie unternahmen, wenn sie sich nach dem langen Sitzen ein wenig Bewegung verschaffen wollten. Dieser tägliche Gang endete regelmässig bei der Post. Sie wurde zum Wallfahrtsort für Abu Radschi und die Alten des Dorfes. Es war beinahe eine Art tieferer Instinkt, ein innerer Trieb, der sie dorthin streben liess, um die Nachrichten aus der Fremde einzuatmen.

Nachdem er das Telegramm erhalten hatte, in dem Radschi ihm mitteilte, dass er gut angekommen sei, ging Abu Radschi täglich zur Post. Anfangs sprudelten ihm die Briefe nur so zu, doch die Zeit verging, und allmählich ebbte der Nachrichtenstrom ab.

„Mach dir nichts draus, Bruder Abu Radschi", versuchte Abu Ilias ihn zu trösten. „Vielleicht ist Radschi so beschäftigt, dass er nicht immer schreiben kann." Er war ständig darum bemüht, dem

Freund seinen Kummer zu lindern.

Radschis Briefe schäumten über von zärtlichen Gefühlen für die Heimat, doch das war eigentlich alles, was sie enthielten. Von seiner Arbeit und seinem neuen Leben berichtete Radschi kaum. So häuften sich die Fragen im Kopf des alten Mannes, stauten sich in seiner Brust, flossen über auf das Papier und blieben unbeantwortet.

An seinem täglichen Gang zur Post hielt Abu Radschi weiterhin fest und gesellte sich zu dem Kreis, der sich bei schönem Wetter auf dem kleinen Vorplatz zusammenfand oder an kalten Tagen in dem düsteren Vorraum des Gebäudes. Die Gespräche drehten sich um die unterschiedlichsten Themen, angefangen bei weltpolitischen Ereignissen, soweit das Dorf davon erfuhr, über den Beginn der nächsten Saatzeit bis hin zu den neuesten Lokalnachrichten. Es war eine zusammengewürfelte Gruppe. Irgendwie erinnerten diese Menschen an Reisende auf einem Bahnsteig oder im Wartesaal. Das Warten war das Element, das sie miteinander verband und Anlass für die vielfältigen Gespräche war. Die Unterhaltungen wurden nur halbherzig geführt, während der Grossteil der Aufmerksamkeit auf das Pfeifen des Zuges gerichtet war, in diesem Falle auf das Klappern der Pferdehufe in der engen, vom Warten durchfluteten Gasse.

Dann tauchte die Kufija des Postboten in der Ferne auf wie eine Friedensfahne im Hafen. Doch manches Mal schlug der Frieden in brennende Trauer um, sobald ein Brief geöffnet wurde und die Nachricht vom Tod eines Bruders, Vaters oder Sohnes preisgab. Die Mühlen des Lebens mahlten auch in der Fremde. Ihre Mühlsteine kannten keine Gnade mit den Ausgewanderten, die auf den Flügeln einer stürmischen Sehnsucht davongeflogen waren, um in unbekannte Gefilde vorzustossen und dort das Schloss ihrer Zukunftsträume zu errichten.

Daraufhin erhob sich eine verstörte Stimme wie ein Wirbelsturm, jagte durch die Adern des Dorfes, fegte durch die gewundenen Gassen, und ein vielfaches Echo drang an jedes Ohr: „Oh weh! Was für eine furchtbare Nachricht!"

Ich sehe die Gruppe der Wartenden auf dem Postplatz noch deutlich vor mir. Ihre Blicke hängen an dem verschlossenen braunen Sack. Nun senkt sich ein schweres Schweigen über den Platz, während alle mit gespitzten Ohren und gebannten Augen den Handbewegungen des Postboten folgen, der einen Brief nach dem andern ans Tageslicht befördert und die Adressaten vorliest. Bei jedem Namen schiesst jemand wie ein Pfeil aus der Gruppe vor, nimmt seinen Brief in Empfang und geht. So lichtet sich der Kreis und löst sich allmählich auf.

Wenn Abu Radschi zu den glücklichen Empfängern zählte, nahm er seinen Brief an sich und eilte nach Hause, um ihn Buchstaben für Buchstaben auszukosten. Hatte der Postbote hingegen seine Hoffnungen enttäuscht, so spürte er die Last der verflossenen Jahre in den Füssen. Dann ergriff er seinen Stock und kehrte mit schleppendem Schritt heim in das verlassene Haus.

Wie vergeht die Zeit in der Stadt?

Das Ungeheuer Grossstadt streckt seine riesenhaften Arme aus, zieht die Augenblicke gierig an sich und bringt sie in seinen glühenden Öfen zum Schmelzen. Es übertüncht sie alle in dem einen Farbton, den es den staubigen Häusern mit ihren schmutzigen Dächern entnimmt. So tritt die Stadt in Erscheinung, wenn sie triumphiert. Dann stimmt sie, denn sie kann äusserst egoistisch sein, ein hysterisches Gelächter an, das in den Knochen der Menschen widerhallt. Auf der staubigen Strassendecke verblassen die Farben. Allmählich verlieren sie ihren Glanz, ihre Heiterkeit und ihre Frische, bis sie schliesslich alle Ton in Ton das Lied der Zeit anstimmen.

Die Jahreszeiten unterscheiden sich hier kaum voneinander. Wenn die Menschen durch die kleinen Fensterlöcher aus ihren engen Behausungen ins Freie blicken, so sehen sie den Qualm aus den Fabriken und den Schweiss aus den Büros aufsteigen, in denen es öde ist wie in der Wüste. Vor ihren Augen gleiten Frühling, Sommer, Herbst und Winter vorbei, aber sie sehen von allen vier Jahreszeiten nur das Spiegelbild, wie es die Stadt reflektiert. So entsteht eine Szenerie, die sich mehr oder weniger viermal im Jahr wiederholt.

Immer wenn der Frühling die kleinen Mandelblüten in der Nähe meines Zimmers aufbrechen lässt, bohre ich meinen Blick durch den fernen Horizont, wo der Frühling noch die Erde besucht. Wer will behaupten, dass die Prostituierten in der Stadt verführerischer sind als die Erde mit ihren Mandelblüten, Apfelgärten, Weizenfeldern und Weinbergen?

Im Frühling, wenn die kleinen Vögel die Regentropfen von ihren Flügeln schütteln, in die Bäume flattern und auf den Zweigen miteinander liebäugeln, gerät die Erde in Aufruhr und schmückt sich mit allerlei vergänglichem Putz. Sie behängt sich mit Ketten aus Gänseblümchen und Anemonen, streckt die Arme nach den blühenden Bäumen aus und lässt die Gottesgaben aus Brust und Adern strömen, die von den Winterstürmen in ihrem Leib aufgebrochen worden sind. Und wenn der Pflug die Erde durchgräbt, hinterlassen seine Küsse blutende Spuren auf ihrer Oberfläche. Mit dem strahlenden Glanz ihrer Augen, mit jeder Faser ihres Körpers verlockt sie die Menschen zum Leben.

In jenem Frühjahr entfaltete die Erde die Reize einer reifen, lebenserfahrenen Frau. Warm blies der Frühlingsatem, liess die Feuchtigkeit, die der Winter zurückgelassen hatte, verdampfen und wischte der Erde die Spuren des Frosts aus den Augen.

Die Wärme erweckte die Alten zu neuem Leben. Sie kamen aus ihren Wohnungen, um auf den Steinbänken vor den Häusern und in den engen Gassen beisammen zu sitzen, getrieben von derselben Energie, mit der die Ameisen aus der Erde ans Sonnenlicht emporkrabbeln. Der warme Atem strömte in die Adern der Jungen, in ihre rosigen Wangen und klaren, leuchtenden Augen. Mit frischer Kraft gingen die Fellachen und Hirten ihrer Arbeit nach. Beim Anblick der Tiere, die dem Ruf des Frühlings folgend auf den grünen Teppichen unter dem strahlend blauen Himmel den Zeugungsakt vollzogen, spannten sich ihre Muskeln. Die jungen Mädchen gingen hinaus auf die Felder und wetteiferten mit ihren weiblichen Rundungen, umflossen von langen, wallenden Kleidern, ihren anmutigen Bewegungen und ihrer Koketterie mit den Reizen der Erde. Mehr als eine Liebesgeschichte keimte in jenem Frühjahr auf, doch Nadschlas Geschichte übertraf sie alle. Im Laufe der Zeit wurde sie wieder und wieder erzählt, so dass sie immer weitere Kreise zog, wie die Kreise auf der Wasseroberfläche, wenn man einen Stein in den Teich wirft.

Eines Tages hatte Saada das Gefühl, dieser Zustand könne nicht länger wortlos hingenommen werden. Als Nachbarin und Mutter zweier Mädchen sah sie es als ihre Aufgabe an, Salma darüber aufzuklären, was die Leute so alles über ihre Tochter Nadschla redeten. Doch zuerst hielt sie Rücksprache mit Hanne: „Ich habe es mit eigenen Augen gesehen. Sie ist mit ihm in der Ruine in der Nähe von unserem Haus gewesen. Ach Schwester, Salma muss es endlich erfahren!" „Ja", pflichtete Hanne ihr bei, „sie sind auch schon in Abu Ilias' Garten zusammen gesehen worden. Man darf den Mädchen nicht so viel Freiheit lassen."

Bevor sie nun ihrer Nachbarin einen Besuch abstattete, spie Saada ihre Neuigkeiten jedem ins Ohr, und jeder bastelte daraus eine neue Geschichte zurecht.

Nadschla wusste weder, wann die Liebe begonnen hatte, ihr das Herz zu öffnen, noch wie sie dazu auserkoren worden war, mit Kamal in eine Episode voller Süsse und Leid verflochten zu werden. Seit langem ging er bei ihnen ein und aus, sass mit ihren Brüdern zusammen und wusste meist Kuriositäten und interessante Neuigkeiten zu erzählen. Irgendwann hatten sie angefangen, verliebte, bewundernde Blicke zu wechseln. Sie spürte, dass sie ihn schon immer gemocht hatte, seit wann, das versuchte sie gar nicht erst herauszufinden. Ihre Liebe war still und stetig gewachsen, aber keiner von beiden hatte den Mut, die Dinge beim Namen zu nennen oder sich dem andern zu offenbaren.

Wenn sie in seine Nähe kam, um ihm eine Tasse Kaffee anzubieten, gab sie sich betont gleichgültig und überspielte ihr Herzklopfen und das Zittern ihrer Hände mit einem oberflächlichen Lächeln. Um nicht seinem Blick zu begegnen, hielt sie die

Augen ständig nach unten gesenkt auf die schwarze heisse Flüssigkeit. Sie sah, wie seine Hand sich ausstreckte und die Tasse umfasste, als legte sie sich um ihre Taille oder auf ihren Arm. Da war es vorgekommen, dass seine Finger um den Henkel der Tasse gespannt erstarrten, und als sie fragend die Lider hob, um nach dem Grund zu forschen, sass er völlig versunken in ihren Anblick da und schien Raum und Zeit um sich herum vergessen zu haben. Sie spürte, dass das Tablett ihr aus den Händen zu gleiten drohte und dass in ihrer Brust etwas einstürzte, als würde eine Mauer zusammenbrechen. Ihr Herz schlug schneller, und sie fühlte sich kaum noch in der Lage, den übrigen Gästen die heissen Tassen zu reichen.

„Nadschla! Ein Wort nur ... unter vier Augen, Nadschla bitte ..." Seine Stimme floss ihr ins Ohr, und unter seinem flehenden Blick geriet sie ins Schwanken. Er stand in der Tür und verabschiedete sich von ihr, bevor er mit ihrem Bruder das Haus verliess.

„Nein, Kamal ..."

Sie verschluckte sich an seinem Namen, das Wort blieb ihr im Hals stecken und bohrte sich ihr in die Brust wie eine Pfeilspitze. Mit seinen kräftigen Händen drückte er ihre Hand so fest, dass sie beinahe aufschrie vor Schmerz. Seine ganze Not presste er in diesen Händedruck. Dann verschwand er im Dunkeln, und sie blieb in der Tür stehen, würgte an ihrer Bedrängnis und fuhr sich über die Hand, die vom Feuer verbrannt worden war.

Die Liebe legte sich Nadschla wie eine schwere Last auf die Seele. Sie wagte mit niemandem darüber zu sprechen. Das Schicksal hatte sie dem nach Ansicht des Dorfes schwerwiegendsten Tabu zum Frass vorgeworfen.

Wenn zwei Menschen sich lieben, heiraten sie normalerweise. Aber würden ihre Brüder einen solchen Skandal hinnehmen? Und ihr Vater, Abu Hani, wie würde er diesen Schlag verkraften?

Seine Tochter liebte einen jungen Mann einer anderen Konfession!

Jeden Morgen, wenn Nadschla die Augen aufschlug, stellte sie sich dieselbe Frage: „Warum? Warum hat das Schicksal uns ausgewählt, Kamal? Warum müssen wir beide diese Schmerzen erleiden?" Dann trat sie ans Fenster und sah hinüber zu seinem Haus, sah eine Wand aus Ziegeln und Steinen, und manchmal sah sie ihn dort stehen, wie er versuchte, die Wand zu durchbrechen, sie niederzureissen, um zu ihr zu gelangen. Wenn sie verzweifelt war, sahen die Steine aus, als fletschten sie höhnisch die Zähne und grinsten, und ihr hysterisches Lachen bohrte sich ihr in die Augen und zerrte an ihren Nerven. Dann stürzte sie zum Fenster und verriegelte es, so wie sie ihren Verstand abriegelte, damit er nicht länger nach einer Lösung suchte.

In anderen Momenten aber grübelte sie darüber

nach, ob es nicht doch eine Lösung für sie geben könnte, und versuchte zu begreifen, was sie daran hinderte, Kamal zu heiraten. Ein logischer Grund dafür lag nicht vor. Es handelte sich um festgefahrene Gedanken, Hinterlassenschaften vergangener Generationen, Spuren eigenartiger Pferdehufe, die die Erde des Dorfes durchpflügt hatten. Sie wurden von den Dorfbewohnern als naturgegeben hingenommen wie die Passatwinde, die seit Jahr und Tag über das Land fegen und sich in ihren Lungen eingenistet haben, oder wie die versteinerten Fische, die hin und wieder von Geologen in den Falten unseres Bodens gefunden werden. Ich habe einmal einen solchen Fisch in der Hand gehalten. Früher ist er ein lebendiges Tier gewesen, und wenn er den Gesetzen der Natur folgen könnte, dann hätte er sich längst in Staubkörner aufgelöst und sich unauffindbar in die Winkel der Erde zerstreut. Aber Elemente, die der Natur entgegenwirken, haben sich seiner bemächtigt und ihn zu Stein werden lassen. Verhärtet und verfestigt wie er ist, könnte nur noch eine Macht ihm etwas anhaben: Er müsste mit Gewalt zertrümmert werden.

Nein, Nadschla war nicht fähig, Stein zu zertrümmern. Nadschla, die hübsche kleine Puppe mit der schlanken Gestalt und dem kastanienbraunen Haar, das ihr über die Schultern fiel, mit den verträumten Augen, die in einem Meer aus Öl und Honig schwammen. Ihr kam eine andere Lösung in den Sinn. Sie dachte daran, mit Hani zu reden.

Ihr Bruder Hani gehörte ihrer Generation an. Er würde für die Gedanken der Jugend Verständnis aufbringen und die Macht der Liebe nachempfinden können. Würde Hani sie tatsächlich verstehen?

Würde er ihr helfen?

Nein, Nadschla, und nochmals nein! Jetzt fiel es ihr wieder ein: Einmal hatte sie Hani eine Liebesgeschichte erzählt, die sie in einem Buch gelesen hatte. Ihr lieber Bruder mit seinen modernen Ansichten hatte sich in einen anderen Menschen verwandelt. Plötzlich waren die Verhärtungen aus vergangenen Generationen an die Oberfläche gekommen, und seine Mundwinkel hatten verächtlich gebebt vor Männlichkeit. Hani wäre der erste, der sich in seiner Mannesehre getroffen fühlen würde, wenn sie sich auf ein solches Abenteuer einliesse.

„Nein, es gibt keinen Weg, der uns zusammenführt, Kamal." Das würde sie sagen müssen, wenn sie ihm nochmals begegnete. Doch warum ihm begegnen? Sie würde einfach wie ein Traumbild aus dem Leben ihres Geliebten verschwinden, ohne dass jemand etwas merkte.

Die Gedanken trugen sie fort, aber brachten sie immer wieder an den Ausgangspunkt zurück. Und jedesmal, wenn sie versuchte, an etwas anderes zu denken, tauchte Kamals Gesicht vor ihr auf, und seine klugen schwarzen Augen sahen sie mit bohrendem Blick an.

„Nadschla! Einen Augenblick, Nadschla, bitte!"

An dem Abend kam Nadschla gerade von einem Besuch bei einer Freundin. Sie hatte schon fast das Haus erreicht, als er ihr in den Weg trat. Es dämmerte bereits, die einbrechende Nacht umschlang die kleinen Häuser und den Wind, der durch Olivenhaine und Weinberge fegte. Bevor sie ihre Fassung wiedergewinnen und sich vor ihm in Sicherheit bringen konnte, hatte er sie schon beim Arm genommen und in die nahegelegene Ruine gezogen. „Nadschla, hab keine Angst. Ich bin doch kein wildes Tier. Warum zitterst du so? Ich will mit dir reden, und anders geht es nun mal leider nicht."

Nadschla war so erschrocken, dass sie nicht aufhören konnte zu zittern.

„Lass mich los, Kamal. Es hat keinen Sinn zu reden. Ich habe mich entschieden, und ..."

Ihr schwanden die Kräfte, und sie liess sich auf einen Steinhaufen sinken, ohne sich um Schlamm und Schmutz zu kümmern. Die verschiedensten Ahnungen schossen ihr durch den Kopf, aber sie fühlte sich zu schwach, dem Sturm standzuhalten und vor dem Feuer in seinen Augen zu bestehen.

„Nadschla", flüsterte er weiter. „Ich würde alles tun, um dich zu beschützen, und wenn es mich das Leben kosten würde. Die Welt steht uns offen. Komm, lass uns fliehen, so weit wie möglich fort von hier. Lass uns unser Haus auf dem Gipfel unserer grossen Liebe bauen. Nadschla, mein Leben lang habe ich auf diesen Augenblick gewartet."

Ungeachtet der Feuchtigkeit am Boden sank er

vor ihr auf die Knie, nahm ihre kalten Hände in die seinen, bedeckte sie mit Küssen und wärmte sie, indem er alle seine Entbehrungen und Sehnsüchte hineinblies. Nadschla sagte nichts. Sie rührte sich nicht einmal. Die Überraschung hatte ihren Körper und ihren Geist gelähmt. Willenlos ergeben wie eine Feder im Sturm sah sie sich ihm gegenüber. Gleichzeitig hatte sie das Gefühl, als fände sie zum ersten Mal im Leben zu sich selbst.

„Nadschla, ich liebe dich. Sag ja. Nur ein Wort von dir, Nadschla. Zeige mir, dass du einverstanden bist. Ich liege dir zu Füssen. Siehst du das nicht?"

Er legte ihr die Hände auf die Schultern und schüttelte sie, denn ihr Schweigen und ihre Starrheit erschreckten ihn. Er konnte nicht mehr an sich halten. Geheime Kräfte hatten sich seiner bemächtigt, und ohne dass er es wollte, strömte ein hektischer Wortschwall aus seinem Mund. All sein Sehnen ballte sich zusammen in dem glühenden Wunsch, sie zu umarmen, und ohne zu wissen, was er tat, streckten sich wie von selbst seine Hände nach ihrem Kopf aus und umfassten ihre Locken. Sein Mund sank auf ihre Lippen, flösste ihnen neues Leben ein und entzündete in ihnen das Feuer seiner Liebesglut. Durch diesen instinktiven Versuch Kamals, sie zu überzeugen, erwachte Nadschla schlagartig aus ihrer Betäubung. Sie schüttelte das Gespenst Wirklichkeit ab und wünschte, sie hätte das alles nur geträumt. Sie hatte das Gefühl, nun würden ihre Lippen für den Rest ihres Lebens die Spuren seines Kusses tragen.

Verzweifelt stiess sie ihn von sich und schoss wie ein Pfeil nach Hause, um vor ihm und vor der Versuchung zu fliehen, der sie sich nicht gewachsen fühlte. In dem Moment kümmerte sie sich nicht darum, was um sie herum geschah und wer sie womöglich sehen konnte.

Der Zufall wollte es, dass Saada gerade vorbeiging, als sie sich verstohlen durch die Tür ins Haus schob. Gleichzeitig waren schnelle Schritte zu hören, und es fiel Saada nicht schwer, in den Umrissen der Gestalt, die in den engen Gassen verschwand, Kamal zu erkennen. Nadschla lief eilig in ihr Zimmer und warf sich aufs Bett, um sich von dem Schreck zu erholen, der ihr in die Knochen gefahren war. Sie betastete ihre Lippen mit den Fingerspitzen, um sich zu vergewissern, ob sie nicht bluteten oder angeschwollen waren. Nach einer Weile richtete sie sich auf und trat vor den Spiegel, um das entsetzte Gesicht zu betrachten, das ihr daraus entgegenblickte. Doch die Gesichtszüge vor ihren Augen verschwammen, und sie sah nur Lippen.

Ich erinnere mich noch genau an jenen Frühlingstag, der mir seinen wohlriechenden Atem in die Lungen blies. Ich sog den warmen Duft in mich ein, und die morgendlichen Stimmen des erwachenden Dorfes trällerten mir ins Ohr. In der Nachbarschaft krähte ein Hahn, die Hühner gakkerten und bereiteten sich aufs Eierlegen vor, in einem Hof brüllten die Rinder, die dort zusammengetrieben wurden, bevor die Hirten sie auf die Weiden hinaus führten, und unter dem Fenster stiess ein Esel seinen durchdringenden Schrei aus. Das Morgenlied, das lange von den Stürmen des kalten Winters übertönt und von einem rauschenden Regenschleier verhüllt worden war, hatte wieder eingesetzt. Nun streckte der Frühling seine Hand aus und schob den Schleier beiseite. Er rieb die Knochen warm und trieb das Blut heiss durch die zu neuem Leben erwachenden Adern.

Köstlicher Kaffeeduft stieg mir in die Nase. Ich sprang aus dem Bett. Von Energie durchströmt, verspürte ich plötzlich grosse Lust zu tanzen, zu fliegen, die ganze Welt zu umarmen.

„Mutter, ich liebe das Leben! Ist es nicht ein grosses Glück, zu leben und solcher Gefühle fähig zu sein? Die Gefühle machen doch das Leben aus. Sie verbinden uns mit unserer Existenz."

Meine Mutter ignorierte meine philosophischen Betrachtungen und reichte mir eine Tasse Kaffee. Dann setzten wir uns auf die Steinbank, atmeten die Morgenluft ein und nahmen die wunderbare Szenerie, in die unser Dorf eingebettet war, in uns auf. Ich betrachtete das Gesicht meiner Mutter, die stillen, sanften Züge, in die sich allen Bemühungen zum Trotz im Laufe der Zeit ein paar Sorgenfalten eingegraben hatten.

Tag für Tag vom Morgen bis zum Abend war ich von Vater, Mutter und Nachbarn umringt, die über meine Schritte wachten und meine Atemzüge zählten. An diesem Morgen wünschte ich, ich könnte etwas unternehmen, um aus dem Ring auszubrechen. Ich beabsichtigte nicht, ihr Ansehen, ihr Leben in der Dorfgemeinschaft in irgendeiner Weise zu gefährden. Ich strebte nur nach Freiheit, nach Unabhängigkeit, ich wollte mich aus der Enge der Gemeinschaft lösen.

Jetzt muss ich lachen, wenn ich mir die Tragweite meiner Gedanken von damals vor Augen führe. Meine ganze Zukunft knüpfte an jenen Morgen an.

Ohne ein bestimmtes Ziel lief ich durch die Weinberge, umarmte den Wind und bückte mich hin und wieder nach einem Stein, spielte damit zwischen den Fingern oder warf ihn nach einem nahen Baum. Das Knirschen der Steinchen unter meinen Schritten und das Kreischen der aufgeschreckten Vögel in den Ölbäumen waren die einzigen Geräusche, die mich begleiteten. Meine Füsse kletterten bergauf zur „Zinne" des Dorfes, einem grossen Felsen namens „Karkar". Hier hinaus zogen die Familien des Dorfes an Sonn- und Feiertagen zum Picknick. Niemand wusste genau, seit wann der Felsen diesen Namen trug. Abu Ilias hat mir einmal die Geschichte von Karkar erzählt, der vor etwa hundert Jahren im Dorf gelebt hat. Er war ein frommer Mann, eine Art Eremit, der in einer kleinen Hütte abgeschieden von den Leuten lebte. Tagein tagaus sass er mit untergeschlagenen Beinen auf der Türschwelle und hielt ein altes Buch in Händen. Die Dorfbewohner gingen regelmässig zu ihm, entboten ihren Gruss und brachten ihm einen Brotlaib oder eine Schüssel zubereiteter Speisen. Auf den Gruss antwortete er mit einem Handzeichen oder Kopfnicken, und die Nahrungsmittel bewahrte er in einem kleinen Schrank auf, bis sie trocken und ranzig wurden. Vorher ass er sie nicht.

Niemand hat Karkar jemals auch nur ein Wort sprechen hören. Niemand kannte seine Stimme. Die Leute im Dorf hatten sich daran gewöhnt, ihn jeden Abend mit seinem Buch unter dem Arm zum Felsen gehen zu sehen. Er liess sich darauf nieder und versank in die Betrachtung der Natur. Dort oben löste sich seine Zunge. Die Worte rollten ihm über die Lippen wie die Perlen des Rosenkranzes. Eines Tages entdeckten ein paar Kinder sein Geheimnis und teilten es den Dorfbewohnern mit.

Als aber anderntags eine Gruppe von Erwachsenen hinging und das Geheimnis des frommen Mannes lüften wollte, da fanden sie keine Spur mehr von ihm. Niemand weiss, wie er verschwunden ist. Nur der Stein hat bis heute seinen Namen behalten. Die Legende wird von Generation zu Generation weitergetragen wie Dutzende von Geschichten, die im Dorf leben.

Eine solche Geschichte hat beispielsweise auch die „Sakra"-Tür. Dort hat Abu Chalil, mein Urur-grossvater, eine schöne Dämonin gesehen, die sich mit einem goldenen Kamm das Haar kämmte. Und Abu Nawaf, der Müller, ist jeden Abend, wenn die Kunden fort waren, ganzen Scharen von Dämonen begegnet. Am schönsten war die Geschichte von der Hochzeit, die sie in der Mühle gefeiert haben.

Legenden, Dämonen und Zaubersprüche gehörten im Dorf zu unserem Leben. Einmal hat meine Grossmutter Weihrauch verbrannt, um die bösen Geister aus dem Haus zu treiben. Und Angelina rief den Priester zu sich. Er sollte in ihren vier Wänden beten, weil ein Dämon sich bei ihr häuslich niedergelassen hatte. Umm Ilias gelobte, sie wolle ein Dutzend Kerzen für die Heilige Jungfrau anzünden, wenn sie die Tischdecke wiederfände, die der Dämon „entliehen" hatte. Angelina war davon überzeugt, dass er sie bei der Hochzeit hatte auflegen wollen.

Einen starken Einfluss übte auch der „böse Blick" aus. Wenn eine Kuh keine Milch mehr gab, lief Umm Salim zu Saada und bat sie, den bösen Blick zu vertreiben. Das war eine von Saadas Stärken. Auf dem Gebiet der Geisterbeschwörung und Magie kannte sie sich aus. In allen kritischen Situationen wandten sich die Frauen an sie. War ein Kind krank, so musste die Mutter über einem ölgetränkten Lappen „Bismillah" sagen, oder sie sollte eine Prise Salz verbrennen oder ein Bleikügelchen zum Schmelzen bringen.

Saada erklärte, ihr sei vom Schicksal die Gabe verliehen, in dem flüssigen Blei das Gesicht dessen zu erkennen, der den bösen Blick habe, doch dürfe sie ihn nicht beim Namen nennen. Sobald jemand in dem Ruf stand, den bösen Blick zu besitzen, zeigten die Dorfbewohner mit dem Finger auf ihn, die Mütter holten ihre Kinder ins Haus, wenn er in die Nähe kam, und die fetten Milchkühe wurden vor ihm in Sicherheit gebracht.

Ich zog die Schuhe aus, um auf den Felsen zu klettern, ein gewaltiges Bauwerk aus hartem Stein, das über Wadis, Hügel und die Häuser des Dorfes wachte. Beim Hinaufklettern verletzte ich mir die Finger an den scharfen Kanten des Felsens. Dann setzte ich mich hin, streckte die Beine aus und hob die Arme. In dem Augenblick hatte ich das Gefühl, ich könne mich von der Erdanziehungskraft lösen, mich von der Schwerkraft der Materie befreien, die mich am Boden festhielt, und ich wünschte, dieser Glücksrausch könnte ein Leben lang andauern.

Schwerelos glitt ich über einen See aus Licht, den die Sonne mit ihren warmen Strahlen ausgoss und dessen Oberfläche das wechselnde Spiel der Farben reflektierte. Ich vergass die rauhe Schale des Felsens und die spitzen Zacken, die sich mir in die Beine bohrten. Ich vergass den kühlen Wind, der stärker war als die Frühlingssonne. Mein Körper fühlte sich ätherisch an und hob sich frei von allen Fesseln in die Höhe. Unter meinen Blicken wurde das Dorf immer kleiner. Die Konturen verschwammen, bis ich nur noch eine gesprenkelte Fläche sah und das Dorf die Grösse einer Spinne hatte. Nach allen Seiten strahlten die planlos verlaufenden Wege aus, bis sich ihre Spuren in den Adern der Welt hinter dem Horizont verloren.

Ich kannte diese Welt ebensowenig wie ich heute das Jenseits kenne. Dennoch war ich durch feine, unsichtbare Fäden damit verbunden. Ich sah sie gefiltert durch Bücher, die ich las, durch Erzählungen von Fremden, die im Sommer als Besucher ins Dorf kamen, und durch die Berichte von Schamil, dem fliegenden Händler, von dem wir erfuhren, was es Neues auf dem Markt gab. Mit der gleichen Geschwindigkeit, mit der meine Umgebung kleiner wurde, wuchs der Felsen und wuchs – bis das Krächzen der Krähe, die in der Nähe über dem Kadaver eines Esels kreiste, mich in die Wirklichkeit zurückholte.

Vor meinen Augen erstreckte sich die Ebene mit

unserem Dorf, das in einer ihrer Falten kauerte, als einzige Quelle, wo ein Austausch zwischen der Erde und dem Leben stattfand. Das Dorf mit seinem Friedhof lag dort in der sanften Hügellandschaft als Beweis für Leben und Sterben. Und im weiten Umkreis dehnte sich die Erde aus, rot und trocken, grün und fruchtbar, trächtig mit Öl- und Mandelbäumen, geschwollen von harten Felsvorsprüngen.

Jedes Feld hatte einen Emigranten zu betrauern. An jedem Zweig, der von einem melancholischen Baum herabbaumelte, hing die Sehnsucht nach braunen, starken Armen, die den Boden umgraben, die Bäume beschneiden und der Erde ihre Jugendkraft wiedergeben.

Doch immer mehr von diesen Armen winkten aus dem Fenster eines schnellen Wagens und verschwanden auf den endlosen Wegen in der Ferne. Die Felder lagen brach und ächzten unter der Verödung, die Wurzeln der fruchtbaren Weinstöcke verdorrten. Die Dürre griff über und erfasste die Keltereien. Die Kelterer wuschen sich die Hände und Füsse, verriegelten ihre Türen oder zertrümmerten sie und schlossen sich dem Emigrantenstrom an. Eine Dürreepidemie war ausgebrochen. Als nächstes würden die Euter der Milchkühe infiziert werden, dann die Brüste der stillenden Mütter und die Seelen der jungen Männer, die in den leeren Gassen herumlungerten.

Ich schüttelte die bedrückenden Gedanken von

mir und strich mit liebevollen Blicken über die Felder. Ich wünschte, ich könnte dableiben, in dieser Ungebundenheit auf dem Felsen leben mit den Phantasiebildern der alten Legenden.

„Kann die Liebe sterben, Muna?

Dieses Erlebnis, das mein Leben verändert und sich tief in meine Gedankengänge eingegraben hat, kann es sich eines Tages in nichts auflösen?

Werde ich eines Morgens aufstehen, die Hand nach den Gefühlen ausstrecken, die mich durch Sommer und Winter in Herbststürmen und im Frühlingswind begleitet haben, und keine Spur mehr davon finden? Antworte doch, Muna. Sag, was du denkst, es würde mir helfen."

Ich sass auf der niedrigen Steinbank, genoss die Sonnenwärme und saugte sie mit Lungen und Sinnen in mir auf. Meine Hände bewegten mechanisch die Stricknadeln, unter deren Geklapper ein Wollmantel entstehen sollte. Mirsal hatte die Hände in den Schoss sinken lassen, die Nadeln lagen reglos zwischen ihren Fingern, der Mantel auf ihren Knien war gestorben. Sie redete, als könnten Worte ihren Schmerz lindern, der nicht nachlassen wollte. Ich konnte ihrem Gesicht die Spuren des Leidens ansehen, mit dem sie sich schon so lange herumquälte.

Wenn ich mir jetzt ihr Gesicht vergegenwärtige, frage ich mich manchmal, warum der Schmerz so stark werden muss und ob es viele Frauen auf der Welt gibt, die in der Liebe solche Erfahrungen machen wie Mirsal. Ich halte mir die verschiedenen Gesichter vor Augen, die ich in der Zeit nach Radschis Abreise an ihr gesehen und erforscht habe.

Einmal sass sie in meinem Zimmer und las mir ein paar von ihren Gedichten vor. Plötzlich warf sie die Blätter zu Boden und begann zu schluchzen und zu zittern. Ihre Augen wurden starr und sahen durch das Fenster zum Horizont, wo die Sonne die letzten Schritte des Tages tat, bevor sie unterging. Da nahm ich Mirsal in die Arme und versuchte, sie zu beruhigen, indem ich ihren Kopf hielt und sie hin und her wiegte. Ich war ratlos und machte mir Sorgen um sie. Ich weiss nicht mehr, was ich damals gesagt habe, aber die Worte waren auch nicht so wichtig. Es war ein bedeutungsloses Gemurmel wie die Melodie, die eine Mutter ihrem Kind ins Ohr summt, wenn es Bauchweh hat.

Mirsal sackte in sich zusammen und lehnte sich an meine Schulter. Ihr Schmerz brach mir fast das Herz. Alles um uns wurde still. Ich hörte nichts mehr als ihre gleichmässigen Atemzüge. Da legte ich sie auf das Bett, strich ihr etwas Rosenwasser an die Schläfen und setzte mich neben sie, um zu warten, bis sie wieder zu Bewusstsein käme.

Ein anderes Mal gingen wir zusammen spazieren. Wir schlenderten gemächlich unter den Bäumen entlang und liessen uns von dem süssen Duft berauschen, den die Erde aus ihren Ritzen verströmte. Auf einmal beschleunigte Mirsal ihren Schritt und liess mich hinter sich zurück. Sie lief und lief, und ich sah sie kleiner und kleiner werden auf den gewundenen Pfaden, bis sie am Stamm eines Ölbaumes zusammenbrach. Als ich sie erreichte, schlug sie mit dem Kopf gegen die harte trockene Rinde und rieb sich die Hände an den rauhen Kanten wund.

Wenn man darauf achtete, konnte man förmlich zusehen, wie sie in diesen Zustand der Verzweiflung und Hoffnungslosigkeit verfiel. Eines Abends waren wir bei Nadschla zu Besuch, um uns den neuen Radioapparat vorführen zu lassen, den ihr Vater ihr aus der Stadt mitgebracht hatte. Es war das erste Radiogerät im ganzen Dorf. Nadschla drehte an den Knöpfen, und es ertönte ein trauriges Lied voller Sehnsucht und Schmerz. Da erschauerte Mirsal, stürzte Hals über Kopf aus dem Haus und irrte planlos durch die Gassen. Ich lief ihr nach, denn ich fürchtete, sie könnte irgendeine Dummheit begehen.

Einmal gestand sie mir, sie habe den Rand des Abgrundes erreicht, sie spüre, dass sie im Begriff sei, wahnsinnig zu werden, sie habe sogar schon mehrfach die Schwelle übertreten. Ihr ganzes Denken und Sein drehte sich um Radschi. Etwas anderes existierte für sie nicht mehr, und seit er fort war, hatte das Leben für sie seinen Wert verloren. Ich litt Mirsals wegen und überlegte unablässig, wie ich ihr helfen könnte, ihren Schmerz zu überwinden.

Damals wusste ich noch nicht, dass die Zeit alle Wunden heilt.

Mit allen Mitteln versuchte ich, sie in die Realität zurückzubringen, so auch, indem ich tadelnd sagte: „Wann wirst du endlich erwachsen, Mirsal? So langsam solltest du die Kinderschuhe ablegen und dich aus dieser Phantasiewelt lösen."

„Wie denn, Muna? Ich flehe dich an, sag es mir. Ja, ich will es wissen, jetzt sofort. Ich habe mich nämlich entschlossen, an meiner Zukunft zu arbeiten ... Ich werde Radschi und die Vergangenheit begraben."

Damit steckte sie die Hand in die Tasche und zog ein Foto von einem gut aussehenden jungen Mann hervor, einem libanesischen Gesicht mit amerikanisierter Prägung.

„Das ist John, mein neuer Bräutigam ... Ja, was sagst du dazu, du, die du so vernünftig und so reif bist; welchen Rat kannst du deiner heiratswilligen Freundin geben?"

Zuerst hielt ich es für eine von Mirsals Eskapaden in die Welt der Phantasie oder des Wahnsinns. Ich war so überrascht, dass mir ein Schauer über den ganzen Körper lief.

„Johnny ist der Sohn von Nazili Abu Ammar", fuhr Mirsal erklärend fort. „Sie ist eine Nachbarin meiner Tante drüben in Amerika, ich weiss nicht, ob du schon von ihr gehört hast. Nazili hat bei meinem Bruder Schafiq ein Bild von mir gesehen, und es hat ihr gefallen. Erst hat sie Johnny davon überzeugt, dass es für ihn das beste ist, ein Mädchen aus der Heimat zu heiraten, dann hat sie mit meinem Bruder gesprochen, und der ist einverstanden. Nun fehlt nur noch das Einverständnis unserer Familie."

„Und du, Mirsal? Was weisst du von diesem Johnny? Du bist doch im Moment gar nicht bei Bewusstsein. Überleg dir die Sache gut."

„Ich weiss überhaupt nichts mehr, Muna", antwortete sie verzweifelt. „Mein Lebensweg ist mir abhanden gekommen. All meine Wege münden in den Weg ein, der meine Schritte auf das eine Ziel hin lenkt: zu ihm. Die Emigration ist für mich die einzige Möglichkeit, den Leidensdruck loszuwerden."

„Aber es ist Wahnsinn, Mirsal."

„Das ganze Leben ist Wahnsinn", meinte sie resigniert. „Oder kannst du mir sagen, was vernünftig wäre? Was ist falsch, was richtig? *Du* lebst in der Phantasie, Muna, nicht ich. Ich werde mich im Staub der Wirklichkeit wälzen. Ich werde ihm umgehend mitteilen, dass ich einverstanden bin, und dann ..."

Jedes weitere Wort wurde von ihren Tränen erstickt. Das Weinen war auch ein Mittel, den Schmerz und die Verzweiflung zu lindern. Ich sah zu, wie ihr die Tränen über das Gesicht liefen und auf das Strickzeug in ihrem Schoss tropften.

Wir alle leben in ständiger Flucht. Wenn man versuchen wollte, all seine Fluchtwege zusammenzuzählen, wäre man überwältigt davon, was für eine lange Strecke man dabei im Laufe des Lebens zurücklegt. Vor der Leere flüchten wir in die Arbeit, vor der Arbeit ins Freizeitvergnügen, und wenn uns im Sommer die Hitze plagt, stürzen wir uns ins kühle Nass. Manche Menschen haben Erfolg bei der Flucht und nennen es Glück. Alles, was der Mensch geschaffen hat, ist im Grunde eine Reaktion auf den Trieb seiner Seele zur Flucht, der Flucht vor dem einen Gedanken, der ihn durch die Jahrtausende hindurch verfolgt, der ihm auf Schritt und Tritt begegnet im Staub der Erde, im Ruf der Eule, im Hauch der Friedhöfe.

Ständig suchen die Menschen die Nähe der andern. Sie leben in Rudeln und müssen sich unablässig bewegen und schwatzen, um zu vergessen. Der Mann zieht die Frau an sich. Die Frau liebt den Mann, verliert sich in seiner Stärke und löst sich in seinem Körper auf. Sie zeugen Nachkommen und kämpfen durch Fortpflanzung und Kinder gegen den Untergang an. Irgendwann aber entdecken sie, dass ihre Fluchtmöglichkeiten begrenzt sind. Dann steigen sie auf die Berge und schwärmen aus in die weiten Ebenen, in die Luft, ins Jenseits. Und wenn sie am Ende des Weges angekommen sind, stehen sie dem Gespenst gegenüber, vor dem sie die ganze Zeit geflohen sind ...

Mirsal wollte aus dem Dorf fliehen. Vielleicht würde der Weg über den Ozean sie in einen Kreis führen, der für den Kreisel, in dem sie sich drehte,

Raum bot. Vielleicht würde sie dort zur Ruhe kommen und zu einem neuen Leben finden.

Als ihr Vater sie zu sich rief und sie nach ihrer Meinung zu den Heiratsplänen fragte, erklärte Mirsal sich einverstanden. So teilte er in einem knappen Brief seinem Sohn mit: „Lieber Schafiq, sag ihnen, wir sind einverstanden."

Danach habe ich Umm Schafiqs Gesicht nicht mehr gesehen. Sie wusste, dass Mirsal dazu fähig war, sich das Leben zu nehmen, und dass dies der einzige Weg war, sie von ihrem Kummer zu erlösen.

In den folgenden Tagen war Mirsal vollauf damit beschäftigt, alle notwendigen Papiere für die Reise zu beschaffen und ihre Aussteuer vorzubereiten. Für eine Braut, die nach Amerika reiste, besass sie nicht die passende Garderobe.

„Schwestern, Umm Schafiq ist eine Frau, die sich durchsetzen kann. Sie weiss, wie man ein Mädchen früh unter die Haube bringt", lautete Hannes Kommentar in der Runde vor Angelinas Haus. Und als handle es sich dabei um höhere Gewalt, erwiderte die Greisin: „Die Ehe ist eine Schutzhülle. Jede ehrbare Frau ist mit der Heirat am Ziel ihrer Träume."

„Aber hört mal", wandte Saada ein. „Die einzige Tochter wollen sie nach Amerika schicken. Ich möchte bloss wissen, was die sich dabei denken. Als ob es hier nicht genug junge Männer gäbe! Ich sage euch, das hat alles ihre Tante Nammura arrangiert. Ja ja, diese Nammura, die haben wir noch gut in Erinnerung."

Bald darauf bat mich Mirsal, sie zu Warda, der Schneiderin, zu begleiten, die in Abu Radschis Nachbarschaft lebte. „Meine Füsse tragen mich nicht zu seinem Hause, Muna", erklärte sie. „Gib mir deine Hand. Leg sie hierher auf meine Brust. Fühlst du, wie mein Herz schlägt? Ich kann mir einfach nicht vorstellen, dass er nicht mehr da ist. Ich habe das Gefühl, dass er jeden Moment aus der Tür oder aus dem Fenster sieht und mich mit einem fröhlichen Gruss überrascht."

Unterwegs redete Mirsal ununterbrochen. Als sie seinen Vater sah, dämpfte sie ihre Stimme. Abu Radschi sass allein auf einem kleinen Stuhl vor dem Haus und genoss die Wärme. In den Händen hielt er einen Brief. „Gott sei mit dir, Onkel Abu Radschi." Überrascht hob er den Kopf. „Muna? Guten Tag und willkommen ... herzlichen Glückwunsch, Mirsal. Ich wünsche dir viel Glück und alles Gute."

„Danke, Onkel ..." brachte Mirsal nur mühsam hervor. „Kommt her, setzt euch. Was führt euch denn hier entlang?"

„Wir müssen nur kurz zu Warda", antwortete ich schnell. „Gibt's was Neues von Radschi?"

„Es geht ihm gut, mein Mädchen, Gott sei Dank. Komm näher, Muna. Lies mir doch mal das

Wort hier vor. Meine alten Augen wollen nicht mehr so recht. Ja, wenn wir euch junge Leute nicht hätten."

Ich nahm das Blatt, um den schwer leserlichen Ausdruck zu entziffern, da fiel zwischen den Seiten ein kleines Foto heraus. Mirsal starrte ihm nach, wagte aber nicht, sich danach zu bücken. Darum hob ich es auf und sah mir das Bild an. Es zeigte Radschi zusammen mit zwei anderen Auswanderern. Die drei Männer hielten jeder ein Glas in der Hand, und auf der Rückseite stand: „Wir trinken auf dein Wohl, Vater!" Ich reichte Mirsal das Foto und sagte leichthin: „Sieh mal, Mirsal, da ist Radschi. Er ist Amerikaner geworden."

Mirsal war sehr zurückhaltend, ganz besonders seinem Vater gegenüber. Aber ich wusste, wie sehr sie sich danach sehnte, ihn zu sehen. Also unterhielt ich mich eine Weile mit dem alten Mann und gab ihr damit Gelegenheit, Radschis Gesicht in Ruhe zu betrachten, bis sie selbst zum Aufbruch mahnte: „Warda wartet schon, Muna. Auf Wiedersehen, Onkel Abu Radschi."

Als wir wieder auf dem Weg waren, sagte sie: „Er hat sich sehr verändert, Muna, sogar sein Lächeln. Es erreicht diese Welt nicht mehr. Mir kommt er fremd vor in der neuen Umgebung. Seine Augen sehen spöttisch aus, als ob er mich provozieren wollte. Aber ich folge nun mal nicht der Stimme der Vernunft. Ich liebe ihn immer noch, und es zerreisst mir jedesmal das Herz, wenn ich ihn sehe.” Wie zu sich selbst fuhr sie fort: „Ganz zufällig fallen meine Augen auf ein Gesicht auf einem Foto, da fange ich an zu zittern, und die Gefühle in meiner Brust schlagen hohe Wellen. Gleichzeitig trage ich hier in der Tasche auf meiner Haut das Foto von einem andern wie eine schwere Last mit mir herum, und es wird immer schwerer in dem dichten Nebel, durch den mein Weg mich führt.”

In jener Nacht setzte sich Mirsal, nachdem ihre Eltern zu Bett gegangen waren, an den Tisch und schrieb ihr schönstes Gedicht.

Hanne nahm die Sache in die Hand. Plötzlich fasste sie eine Zuneigung zu Salma, dieser naiven Frau. Sie fühlte sich dazu berufen, die Angelegenheiten der anderen zu regeln, sofern diese es versäumten. Seit sie wusste, dass Umm Salim auf der Suche nach einer passenden Frau für ihren Sohn war, wurden die Unterredungen der beiden Frauen immer eifriger, bis jene ihr schliesslich den Auftrag gab: „Arrangier mir das, Hanne. Der Junge ist im heiratsfähigen Alter, und du kennst doch die Mädchen im Dorf. Es soll ein anständiges Mädchen sein."

Gemeinsam nahmen sie ein Mädchen nach dem andern unter die Lupe. Salim war ein ruhiger Junge von sanftem Wesen. Niemals hätte er etwas gegen den Willen seiner Mutter unternommen. Er war ihr völlig ergeben. Er wusste, dass sie seinetwegen viel gelitten und ihm ihre Jugend geopfert hatte. Diese Lektion hatte sie ihm von frühester Kindheit an immer wieder eingeimpft, bis sie als Tatsache in seinem Herzen fest verwurzelt war. „Du musst immer schön brav sein, denn wenn ein Kind seine Eltern ärgert, wird auch der liebe Gott böse. Was habe ich denn auf der Welt ausser dir? Gott schütze mir mein Kind!"

Im Überschwang der Gefühle liess sie sich zu Bekenntnissen über die guten Eigenschaften ihres einzigen Sohnes hinreissen wie: „Er hütet seine Mutter wie ein geschorenes Schaf. Er hat so gute Manieren und ist so fürsorglich wie ein Mädchen."

Und der gute, folgsame Salim tat alles, um ihrer Meinung von ihm gerecht zu werden. Wenn er in seinem Verhalten auch nur um Haaresbreite von ihrem Willen abwich, wurde er von Gewissensbissen geplagt.

Als Abu Salim zum ersten Mal nach Amerika reiste, war der Junge nicht einmal ein Jahr alt. Er wuchs unter den Fittichen einer Mutter auf, der die Zuneigung eines Mannes fehlte. Als junge Frau hatte ihr Mann sie zurückgelassen und war fortgegangen.

Niemand konnte sich daran erinnern, dass Umm Salim sich in Abwesenheit ihres Mannes nach andern Männern umgeschaut oder auch nur zu jemandem über dieses Thema gesprochen hätte. Sie war ihm vollkommen treu. Sie lebte von den kurzen Briefen, die er ihr selten genug schickte. Darin teilte Abu Salim ihr Belanglosigkeiten über seine Arbeit mit, aber über Gefühle schrieb er nie. So lenkte die junge Frau all ihre Sorgen und Ängste, alle unbefriedigten Bedürfnisse und brachliegende Vitalität um und überhäufte ihr Kind mit ihren angestauten Emotionen. Sie stillte Salim so lange, bis die Milch in ihrer Brust versiegte. Der Junge schlief immer an ihrer Seite, atmete die von ihr vorgewärmte Luft und goss seine Persönlichkeit in eine von ihrer Hand vorgefertigte Form. Er wuchs in ihrem Schatten auf.

Jahrelang hatte Salim unter dem Zelt der Enthaltsamkeit und des Aufopferungsgeistes seiner Mutter gelebt, und als er erwachsen war und sich von ihr hätte lösen können, fühlte er sich zu schwach, aus ihrem Schatten herauszutreten. Er suchte weiterhin ihre Nähe und betrachtete die Welt mit ihren Augen.

Als Abu Salim eines Tages aus der Fremde zurückkehrte und ihn väterlich umarmen wollte, schlang er seine kalten Arme um den ergrauten Kopf und sah sich unbewegt den Mann an, den er nur aus den Erzählungen seiner Mutter kannte. Er gab sich Mühe, diesen fremden Menschen zu lieben und ihn im Familienkreis zu akzeptieren, aber es gelang ihm nicht. Die Unterwürfigkeit jedoch, die ihm zur zweiten Natur geworden war, verbarg seine wahren Gefühle. So war das Garn, das Salim mit seinem Vater verband, aus Höflichkeit, Gehorsam und kühler Zurückhaltung gesponnen. Wenn er Mutter und Vater betrachtete, sah er sie keineswegs als „einen Leib". Die seelische Kluft zwischen den beiden war zu gross. Ihr Gesicht war gezeichnet von Entbehrungen und Aufopferung, seines hingegen wirkte wie ein distanziertes Porträt in einem vergoldeten Rahmen.

Als spüre er den Frost, der ihm am Herd seines Hauses entgegenschlug, sehnte sich der Vater zurück nach seinem gewohnten Leben. Hier zitterten ihm die Glieder, und seine Seele suchte Zuflucht in einer Welt, die nichts mit der Welt gemein hatte, in der diese beiden Menschen lebten. So war sein Aufenthalt im Dorf nur von kurzer Dauer. Schon bald entschloss er sich, wieder abzureisen. Aber als er Salim aufforderte, ihn zu begleiten, erhob die Mutter Einspruch: „Lass ihn hier, Abu Salim. Wir wollen erst hier eine Frau für ihn finden, dann kann er dir ja nachkommen."

So reiste Abu Salim allein zurück nach Amerika. Nachdem Umm Salim einmal Autorität und Unabhängigkeit gekostet und ihr Leben in feste, ruhige Bahnen gelenkt hatte, begann die Anwesenheit ihres Mannes diese Ordnung zu stören. Die Tage verliefen zwar eintönig, aber sie war ihr eigener Herr. Als ihr immer häufiger solche Gedanken kamen, hatte sie fast ein schlechtes Gewissen. Sie musste daran zurückdenken, wie sehr sie gelitten hatte, als er sie das erste Mal verliess. Es hatte ihr fast die Wurzeln ausgerissen. Eine Welt war für sie zusammengebrochen, und sie hatte sich kaum stark genug gefühlt, das Leben allein zu meistern. Sie hatte sich in ihrem Haus verkrochen und ihr Leid in die heissen Tränenströme fliessen lassen, die jeden Abend ihr Kissen nässten. Manchmal hatte sie daran gedacht, ihre Tränen in einer Flasche zu sammeln und sie ihm als Beweis ihrer aufrichtigen Treue zu schicken. Aber als die Sonne am folgenden Tag aufging, hatte sie den Gedanken wieder verworfen, hatte sich zärtlich ihrem Kind zugewandt und versucht, die Welt mit seinen Augen zu sehen.

„Du bist schliesslich eine erfahrene Frau, Umm Salim", sagte Hanne und lachte hämisch. „Dir macht doch so leicht keine etwas vor ..."

Eine nach der anderen ging sie die Mädchen des Dorfes durch und hielt ihr deren Mängel vor Augen, bis sie bei Nadschla anlangte: „Was meinst du, Umm Salim? Das ist ein vernünftiges Mädchen, wie geschaffen für Salim. Die beiden nebeneinander, das wäre doch ein bildhübsches Paar. Nadschla ist das schönste Mädchen weit und breit." Nun war Hanne in ihrem Element. Sie geriet ins Schwärmen und liess nichts unversucht, der Mutter den Mund wässrig zu machen. „Du darfst auch Abu Hani nicht vergessen. Er hat ein gut gehendes Geschäft, und ich garantiere dir, dass er sie entsprechend ausstatten wird."

Bis zu dem Moment hatte Umm Salim geglaubt, dass ihr an Geld nicht viel gelegen sei. Aber jetzt ertappte sie sich dabei, dass sie dafür doch eine Schwäche hatte, und versuchte, sie mit Ausreden zu überspielen: „Na, was ist schon dabei, wenn sie ein paar Groschen mehr mit in die Ehe bringt."

Salim, der verhätschelte Junge, lebte von den Gaben seines Bodens, von dem er, je nach Jahreszeit, Weizen, Trauben und Oliven erntete. Die Ernten allerdings waren karger geworden in den vergangenen Jahren. Es schien, als seien die Euter der Erde versiegt, als wolle sie ihre Schätze nicht mehr hergeben. Darum sagte Angelina manchmal: „Gottes Gaben währen nicht ewig. Seit die alten Männer fort sind, ist es auch mit der Freigebigkeit der Erde vorbei."

Mit einem Hoffnungsschimmer in den Augen rückte Umm Salim noch näher an Hanne heran und bat: „Fühl ihnen doch mal auf den Zahn, Hanne, und versuch herauszufinden, wie die Chancen für uns stehen. Du bist wirklich wie eine Schwester zu mir."

Hanne zog ihr graues Tuch über den Kopf, schlang das eine Ende um den Hals, das andere liess sie lose über die Brust fallen, und machte sich auf den Weg zu Umm Hani. Sie hatte grosses Glück, denn sie traf Salma auf der Steinbank vor dem Haus an, wo sie in der Wärme sass und eine Schale mit Linsen für das Mittagessen verlas.

„Grüss Gott, Umm Hani."

„Guten Morgen, Hanne", erwiderte Salma überrascht. „Sei mir willkommen. Du warst aber schon lange nicht mehr hier. Wie geht's?"

„Danke. Wie geht es den Kindern? Und Abu Hani, alle gesund, hoffentlich?"

So vergingen die ersten Minuten des Besuchs mit dem Austausch der üblichen Begrüssungsfloskeln und Höflichkeiten. Doch dann redete Hanne nicht lange um den heissen Brei herum, sondern kam gleich zur Sache: „Sieh mal, Salma, du kennst meine Zuneigung zu eurer Familie und insbesondere zu Nadschla. Nun, jedes junge Mädchen muss früher oder später heiraten. Die Ehe bietet ihr schliesslich Schutz und Sicherheit, nicht wahr, Umm Hani?"

„Ich habe nie an deiner Zuneigung gezweifelt, Hanne ...", sagte Salma, doch Hanne fiel ihr ins Wort: „Also, was hältst du von Salim? Meiner Meinung nach ist er der einzige Junge, der zu Nadschla passt. Ein verständiger Junge, er würde euch bestimmt keine Scherereien machen."

„So Gott will, Hanne. Gott schütze ihn. Aber ich kann nichts sagen, bevor ich nicht Abu Hani und die Jungen um ihre Meinung gefragt habe." Salmas Stimme klang nachgiebig. Sie schien den Plänen durchaus nicht abgeneigt. Bevor Hanne sich verabschiedete, spielte sie noch ihren letzten Trumpf aus: „Weisst du, Umm Hani, Mädchen darf man nicht zu sehr verwöhnen, sonst tanzen sie einem auf der Nase herum."

Als sie das Thema mit Abu Hani und den Söhnen besprach, legte Salma allen Ehrgeiz darein, sie zu überzeugen: „Also, Männer, ich für meinen Teil bin ganz und gar einverstanden."

„Aber Frau", widersprach ihr Mann, „so einfach geht das doch nicht. Hör erst einmal, was das Mädchen dazu meint."

„Du verwöhnst die Kinder viel zu sehr", tadelte

sie ihn. „Seit wann hat ein Mädchen eine eigene Meinung? Uns haben unsere Eltern auch nicht nach der Meinung gefragt. Sie haben uns verheiratet, und die Welt ist nicht zusammengebrochen. Erst wenn die Frauen den Mund aufmachen, dann gerät die Welt aus den Fugen. Ach, ich weiss schon, wie ich sie dazu bringe."

Doch es war nicht so einfach, wie Salma sich das vorgestellt hatte. Eine dicke, schweigende Wand stand zwischen ihr und ihrer Tochter. Plötzlich spürte sie, dass aus dem unerfahrenen Kind, als das sie Nadschla kannte, über Nacht eine erwachsene, selbstsichere Frau geworden war. Sie musste zunächst eine gelassene Atmosphäre schaffen, um sie auf das Thema einzustimmen. Schliesslich nahm sie ihren ganzen Mut zusammen und ging zu ihr.

Nadschla hatte gerade ihre morgendlichen Aufgaben erledigt und sass mit einer Handarbeit am Fenster. Umm Hani nahm die kleine Kupferkanne, kochte einen Kaffee und setzte ein süsses Lächeln auf.

„Komm, Kind, leg die Arbeit beiseite und lass uns zusammen einen Kaffee trinken."

Nadschla spürte intuitiv, dass ihre Mutter etwas Wichtiges mit ihr besprechen wollte, und nahm sich vor, ihr mit der Stärke zu begegnen, die in den vergangenen Monaten in ihrem Innern gewachsen war und ihr ein neues Selbstbewusstsein verliehen hatte.

„Mein Mädchen, du musst dir allmählich Gedanken um die Zukunft machen." Das Eis war gebrochen. Nadschlas Herz begann schneller zu schlagen. Beinahe wäre ihr die Tasse aus der Hand gefallen. Sie stellte sie auf dem Tisch ab, legte die Hand auf die Brust und wartete ab, worauf ihre Mutter hinaus wollte.

„Umm Salim hat für ihren Sohn um dich anhalten lassen. Wir wollten keine Antwort geben, ohne dich vorher zu fragen. Was meinst du dazu, mein Kind?"

Nadschla hob die Augen, um sich zu vergewissern, dass ihre Mutter tatsächlich vor ihr sass. Wie in einem Strudel begannen die Bilder in ihrem Kopf sich zu drehen: Salim und Kamal. Wie unterschiedlich die beiden doch waren! Den einen sah sie mit den Augen der Liebe, den andern hatte sie bisher fast gar nicht wahrgenommen. Kamal ging tollkühn auf sie zu, getrieben von seiner Liebe, ganze Wasserfälle von Liebe strömten aus seinen Händen, aus seinen Augen und ergossen sich vor ihren Füssen.

Salim schickte einen Boten zu ihrer Familie und traute sich nicht, ihr gegenüberzutreten.

Kamal riss alle Mauern der Welt für sie ein.

Salim versuchte, ihre Welt einzuengen und sie in dem Kokon seiner Schwäche zu ersticken.

Kamal – Sedimente, die sich seit Generationen abgelagert hatten, lagen dick und hart zwischen ihnen und trennten sie voneinander.

Salim – ein blinder Zufall wollte es, dass er ihr

über den Weg lief, und darum sollte er ihr Lebensgefährte werden, die „Krone ihres Hauptes"!

Am liebsten hätte sie laut aufgeschrien, doch vor Erregung blieb ihr die Stimme im Hals stecken, und sie brachte nur schüchtern hervor: „Aber Mutter, ich liebe ihn doch gar nicht."

Damit hatte sie eine Zündschnur im Herzen ihrer Mutter in Brand gesteckt. Die sanftmütige Frau mit dem gleichbleibend freundlichen Gesicht verwandelte sich in eine aufgebrachte Löwin, die zu allem fähig schien. Die Löwin zeigte die Krallen, die ihr soeben gewachsen waren. Ein Vulkan brach aus, und glühende Lava ergoss sich über alles, was ihm zu nahe kam. Die Gesteinsablagerungen von Generationen waren in Aufruhr geraten. Die versteinerten Fische waren plötzlich wieder zum Leben erwacht. Ein Walfisch riss das Maul auf und wollte das hübsche Mädchen verschlingen. Dieser eine Satz aus Nadschlas Mund bestätigte Umm Hani Saadas Geschwätz, das sie sich bislang geweigert hatte zu glauben. In heller Aufregung sprang sie auf, zerriss ihr Kleid und raufte sich das Haar. Das Mädchen erschrak zu Tode. So hatte sie ihre Mutter noch nie erlebt. Sie fürchtete, ihre sonst so ruhige, besonnene Mutter sei mit einem Schlag wahnsinnig geworden. Da hörte Nadschla sich selbst sagen:

„Wie ihr wollt, Mutter. Ich würde nie etwas tun, was euren Wünschen widerspricht ..."

Ich blieb allein zurück. Die Einsamkeit sollte in Zukunft viel Raum in meinem Innern beanspruchen. Meine Füsse folgten dem engen Pfad, zwängten sich durch schmale Spalten und Windungen und traten die grünen Gräser nieder, die es gewagt hatten, mit ihren zarten Köpfen über der Erde zu erscheinen, um dem Frühling des Lebens ihre Existenz zu beweisen.

Es ist der einzige Weg, der zum Friedhof führt. Die Leute betreten ihn nur, wenn sie jemanden zu Grabe tragen oder die Gräber ihrer verstorbenen Angehörigen besuchen. Sonst meiden sie den Druck seiner Steine unter den Fussohlen. Diesem Boden haftet der Geruch des Todes an. Er verstopft ihnen die Nasen und erinnert sie an das unabänderliche Ende, und davor fliehen sie.

Ich weiss nicht mehr, warum ich an jenem Tag diesen Weg einschlug.

Die Erde auf Mariams Grab war getrocknet und von Gräsern und wilden Blumen überwuchert. Welche Ironie! Ich hatte das Gefühl, zwischen den beiden Welten zu stehen. Gleichzeitig versuchte ich, die Klänge der einen Welt aufzunehmen, die von Leben überschäumte, und die Mitteilungen dieser anderen, erschreckend schweigsamen Welt zu empfangen. Die Vögel bauten wieder ihre Nester in der grossen alten Eiche und erinnerten mich von Zeit zu Zeit mit ihrem fröhlichen Gezwitscher und Flügelschlagen daran, dass sie da waren.

Vor mir lag das Dorf, glühend vor Leben. Die Dorfbewohner waren damit beschäftigt, ihre Vorbereitungen für das grosse Fest zu treffen. Ostern war bei uns das wichtigste Fest, und so ist es auch heute noch. Die Juden haben die schönste Jahreszeit ausgewählt, um den Messias zu kreuzigen, den Frühling!

Ich musste an Fawas denken.

Fawas hat den Frühling nicht abgewartet. Er hat nicht auf das Gerichtsurteil gewartet, sondern hat sich selbst mit dem Ausschluss aus der Welt der „anständigen Menschen" gestraft. Einmal wollen ein paar Holzfäller ihn gesehen haben. Als sie eines Abends bis tief in die Wälder vorgedrungen sind, ist ihnen ein schreckenerregendes Wesen begegnet, eine Art Tier in Menschengestalt. Das Haar hing ihm lang herab über einen zerzausten Bart, die Haut war von einer Schlamm- und Schmutzschicht überzogen, und seine Kleider waren so zerschlissen, dass sein Körper weitgehend unbedeckt war. Ein einziges Mal ist er gesehen worden. Dann sind seine Spuren verschwunden. Vermutlich hat er sich eine Höhle am Fuss des Berges gesucht und sich hinter einem schweren Vorhang aus geistiger Umnachtung vor dem Dorf in Sicherheit gebracht.

Und mit der Zeit haben ihn alle vergessen.

Die Glocke läutete fröhlich, die Sonne neigte sich gen Westen, und ein rosafarbener Schleier fiel über den Hermon und tauchte den leuchtenden Schnee in die schönen Farben der Dämmerung. Der Horizont glühte wie ein Ofen, in dem Bronze geschmolzen wird. Von einem nahen Feld muhte eine Kuh herüber. Von den entfernteren Weinbergen hörte ich einen Wächter rufen, und irgendwo spielte jemand auf einer Rohrflöte Lieder von Liebe und Leid.

Ich liess den Blick über die niedrigen Lehmdächer schweifen. Die schwarzen Schornsteine ragten kalt und verlassen in die Luft. Die kleinen eingelassenen Fenster schluckten die Wärme und nahmen den mit Frühlingsdüften parfümierten Wind auf. In den Häusern, wo die letzten Vorbereitungen für das bevorstehende Fest getroffen wurden, herrschte rege Tätigkeit. Die Möbel wurden geschrubbt und der Rauchgeruch und die Feuchtigkeit des Winters von den Wänden gewaschen. Festtagsspeisen und Süssigkeiten wurden zubereitet, und die Frauen putzten die Messingkannen für den Feiertagskaffee. Schliesslich nahmen sie selbst ein heisses Bad und damit Abschied von der kalten Jahreszeit.

„Wer weiss, Umm Samir, beim nächsten Mal läuten die Hochzeitsglocken vielleicht für eins von deinen Kindern. Salim und Nadschla sind verlobt. Sobald das Fest vorbei ist, wird die Hochzeit gefeiert." Das hatte Hanne am Morgen unter anderem zu meiner Mutter gesagt. Ihre Bemühungen waren von Erfolg gekrönt, und darauf wollte sie bei uns einen Morgenkaffee trinken.

In letzter Zeit ging Hanne in unserem Haus ein und aus. Was ich ass, war von ihren Aussprüchen gewürzt, und ihre Worte begleiteten mich auf Schritt und Tritt. Sie sah mich bereits als ihr nächstes Opfer.

„Du solltest allmählich daran denken, Muna zu verloben, Umm Samir. Du weisst ja: Was du heute kannst besorgen, das verschiebe nicht auf morgen!"

Ich nahm ein paar Steinchen vom Weg auf und überlegte: Worauf warte ich? Welches Ziel strebe ich an? Ich wünschte, ich könnte einen Blick über die Schwelle der Zukunft werfen und im Buch des Schicksals nachlesen, was darin unter meinem Namen geschrieben stand! Die Zukunft! Durch das Westfenster suchte ich nach ihr, hinter dem Horizont, wo die Sonne unterging, und ich wünschte, ich könnte mich an eines ihrer goldenen Seile hängen und sie auf einem ihrer weiten Ausflüge begleiten. Ich hielt die Sonne nicht für einen festen Himmelskörper, denn unser Leben wurde dadurch bestimmt, dass sie sich bewegte, dass sie auf- und unterging.

Mirsal hatte einen Weg gefunden, auf dem sie ihre nächsten Schritte wagen wollte. Nadschla tötete ihre Gefühle ab und würde mit dem Rudel laufen.

Mariam hatte dort unter dem kalten Marmor zur Ruhe gefunden. Und ich? Einsam irrte ich umher auf der Suche nach den Wegen von morgen, auf denen die Dornen des Zwiespalts mir die Füsse aufrissen. Worauf wartete ich? Hanne hatte recht.

Ich wusste nicht worauf. Trotzdem wartete ich weiter. Ich wollte nicht wahrhaben, dass mein Leben innerhalb dieser engen Grenzen enden sollte. Die Zukunft wurde für mich zum Schreckgespenst, wenn ich Schahina, Almas, Adla und all die anderen Frauen sah und mir vorstellte, ich müsste so leben wie sie. Ihre Existenzberechtigung hing einzig von der Zahl der Kinder ab, die sie in die Welt setzten. Das war der Massstab, an dem ihr Wert gemessen wurde.

Jahr um Jahr sind die Frauen vollauf mit Schwangerschaft und Stillen beschäftigt, manchmal mit beidem zugleich. Und in der Brutmaschine werden die Kinder produziert: eins ... zwei ... drei ... dann verliert sich ihre Zahl. Eine Mutter ist eine Frau, der das zerzauste Haar ungekämmt über die müden Schultern fällt; sie läuft ständig mit offenem Hemd herum, damit die schlaffen Brüste jederzeit die gierigen Mäuler stopfen können; die Farben ihres Kleides sind verblasst, und der zerfaserte Saum schlenkert um die staubigen, behaarten Beine.

Schahina, Almas und Adla waren Mütter von Säuglingen. Mit einem einfältigen Lächeln auf den aufgesprungenen, entzündeten Lippen konnte man sie durch die Gassen laufen sehen, den Säugling an die Brust gedrückt, gefolgt von einer Kinderschar, denen der Rotz aus der Nase lief und die Fliegen um die triefenden, verklebten Augen sassen.

Die Väter dieser Kinder rackerten sich von früh bis spät ab, gruben mit den Fingern in der Erde, zerschlugen die Steine mit den blossen Händen und ertränkten nachts auf dem ehelichen Lager die Mühen des Tages. Und dann kam das nächste Kind.

Nein, ich wollte nicht hier bleiben. Die Unbeschwertheit der verzauberten Abende war unwiederbringlich vorbei. Ich würde sie durch mein Bleiben nicht zurückholen können. Die verdorrten Felder würden ihre Fruchtbarkeit nicht wiedererlangen, wenn ich bliebe, noch würden die verlassenen Staudämme zu neuem Leben erwachen. Meine Hände hatten weder gelernt, Seidenraupen zu züchten noch Seide zu spinnen, und meine Ohren waren das Rattern des Webstuhls nicht gewohnt.

Ich lief weiter auf dem verlassenen Weg. Der Abendwind murmelte in den Blättern der Ölbäume und Eichen, streifte mich von Westen her zart und zuversichtlich und verschob die Entscheidung auf einen anderen Tag.

Glücklich und zufrieden wie eine Frau, die die Nacht in den Armen des Mannes verbracht hat, den sie liebt, ging die Sonne auf, gab nun ihre Wärme weiter und strahlte ihr Glück auf die grünen Obstgärten und in die staubfreie Luft. Das Dorf erwachte durch das Glockengeläut aus der weissen Kuppel; der bronzene Klang hallte durch das Wadi bis hin zu den Bergkuppen und den benachbarten Dörfern.

In den Nachbarhäusern gingen die Türen auf, und der Kaffeeduft wehte durch die offenen Fenster. Die Teller waren mit köstlichen Süssspeisen gefüllt, so auch die verzierte Marmorschale, die meine Grossmutter einmal im Jahr hervorholte, um mit deren Inhalt die Festgäste zu bewirten. Ihre Finger strichen zärtlich und mit derselben Behutsamkeit über die kalte Oberfläche, mit der sie die Kleider anfasste, die sie in ihrer alten Holztruhe aufbewahrte und die zum Teil noch aus ihrer Aussteuer stammten. Dann seufzte sie manches Mal: „Ja, ja, die gute alte Zeit. Gottes Gaben währen nun mal nicht ewig."

Schon am frühen Morgen tauchten die ersten

jungen Leute in den Gassen auf und strebten dem Platz vor der Kirche zu.

„Nun wirst du dem Fest Lebewohl sagen müssen, Mirsal." Mit diesen Worten begleitete meine Mutter uns bis an die Haustür. Dann ging sie zurück ins Haus, wo noch ein paar unerledigte Arbeiten auf sie warteten, während ich mich mit Mirsal auf den Weg zur Kirche begab. Sie trug ein neues Kleid, gehalten in den Farben der Wiesen, ihre Frisur entsprach dem Reifeprozess, den ihr bevorstehendes Eheleben in ihrem Innern in Gang gesetzt hatte. Noch stand ihr die unschuldige Kindheit in den ernsten Augen geschrieben, aber sie schien dem Festrummel des Dorfes bereits entrückt. Mirsal war die Braut der Saison.

Ihre Ankunft löste eine Welle von Geflüster und Unruhe aus. Die Kinder, die sich in einer Ecke des Kirchplatzes zusammengeschart hatten, begannen verschämt zu kichern. Die jungen Männer warfen neugierige und abschätzende Blicke zu dem schönen Vogel hinüber, der bald aus ihren Lüften fortfliegen würde. Vielen Mädchen konnte man den unverhohlenen Neid von den Gesichtern ablesen. Warum hatte der unbekannte Märchenprinz Mirsal auserkoren und nicht sie selbst?

Saada stand mit ihren beiden Töchtern in unserer Nähe. Sie streckte die Hand nach Mirsals neuem Kleid aus. „Was für ein schönes Kleid, Mirsal", sagte sie scheinheilig. „Ich wünsche dir alles Gute für die Reise und dass du drüben glücklich wirst."

Aber als Hani die Rohrflöte hervorholte und die ersten Takte seines Spiels ertönten, gingen die Gedanken auf der Tanzfläche im Dabka-Rhythmus unter. Der Boden fing an zu ächzen, fröhlich schwangen sich Arme und Hände in die Luft, und die Beine gerieten in Bewegung. Dann liess ein bronzenes Dröhnen das Holz unter dem Wirbel der jungen Beine vibrieren. Die Glocke läutete sich die Seele aus dem Leib. Ein wenig abseits standen Abu Ilias und Abu Radschi, jeder auf seinen Stock gestützt. Sie beobachteten die Szene und liessen ihren Gedanken freien Lauf.

„Komm, lass uns gehen, Muna. Für mich ist es eine Quälerei. Ich habe genug davon."

Wie eine erschreckte Katze sprang Mirsal auf und davon, ohne meine Antwort abzuwarten. Ich lief ihr nach zu ihrem Haus, wo leere Koffer und verstreute Kleider auf sie warteten.

Am nächsten Tag sollte sie abreisen. Für uns waren es also die letzten gemeinsamen Stunden, die wir im vertrauten Gespräch verbrachten, über Themen, welche die arglosen Seelen junger Mädchen in Atem halten. Sie wühlte in den Schubladen und sortierte aus, was sie für die Reise würde brauchen können. Dabei wischte sie hin und wieder die Tränen ab, die ihr wegen unserer bevorstehenden Trennung in die Augen traten.

„Wenn ich mit ihm abgereist wäre, hätte ich nicht weinen müssen", erklärte sie. „Dann hätten meine Vorbereitungen auch nicht diesen staubigen Beigeschmack. Ab morgen werde ich ständig in der Hoffnung leben, ihm dort zu begegnen. Jetzt machst du mir wahrscheinlich Vorwürfe und hältst mich für eine Verräterin. Da hättest du sogar recht. Aber der schwerwiegendste Verrat, den ich begehe, ist der Verrat an meiner Seele und meinen Gefühlen. Ich gebe meine Zustimmung, dass ein fremder Mann namens John meinen Körper kauft. Der Preis, den ich dafür bekomme, ist, dass ich von hier fliehen und in Radschis Nähe leben kann. Ich werde John meinen Körper geben und meine Gefühle verraten. Aber was kümmert es mich, was ich verrate und wen? Mein Leben wird aufgeteilt sein zwischen zwei Männern, mein Dasein gespannt zwischen zwei Welten, kannst du dir das vorstellen, Muna? Da ist ein Mann, den ich liebe, und ein anderer, dessen Willen ich mich unterwerfe, der mich versklavt, mich kauft. Wenn Radschi geblieben wäre, müsste sich meine Seele nicht von meinem Körper trennen, dann müsste ich nicht in einem solchen schizophrenen Zustand leben. Wirfst du jetzt deinen Idealismus über Bord, Muna? Ist das das Ende unserer Träume und Hoffnungen? Erinnerst du dich? Aber wer ist daran schuld? Er ... Radschi. Er hätte mir nicht diesen Schmerz zufügen brauchen, wenn er nur gewollt hätte. Aber vielleicht ist auch nicht Radschi schuld, sondern dieses lahme Dorf mit seinem begrenzten Horizont, der für ihn und die Spannweite seiner kraftvollen Flügel einfach nicht weit genug ist."

Worte und Tränen brachen nur so aus ihr heraus, während sie die Schubladen leerräumte und mit deren Inhalt die Koffer vollstopfte. Ich wusste nicht, was ich sagen sollte. Die Zügel waren mir aus den Händen geglitten, und Mirsal wurde von wilden Stürmen von mir fortgestossen.

Am nächsten Morgen drückte sie mir unter dem Paradiesbaum an der Ecke vor unserem Haus einen Stapel Blätter in die Hand und sagte: „Wer weiss, Muna, was die Zeit noch mit uns vorhat. Diese Blätter werde ich nicht mitnehmen nach drüben. Nimm, heb sie auf, und vergiss mich nicht."

Ich konnte nur dastehen und zusehen, wie sie sich von mir entfernte. Die anderen warteten schon darauf, sich von Mirsal zu verabschieden und sie der ungewissen Zukunft in den Rachen zu stossen.

Ach, Mirsal, warum hast du mir deine Blätter gegeben? Zur Erinnerung an unsere Freundschaft hättest du mir lieber etwas anderes schenken sollen. Eine Kette zum Beispiel. Ich hätte sie um den Hals tragen können, und irgendwann hätten sich ihre Perlen gelöst und wären unterwegs verloren gegangen. Oder einen funkelnden Ohrring, den man eine Zeitlang trägt, bevor er im Schmuckkästchen verschwindet. Oder meinetwegen einen billigen Armreif, dessen Farben schon nach kurzer Zeit verblassen, weisst du, so einen, wie wir sie uns früher bei Schamil gekauft haben. Eine Kleinigkeit, die man am Handgelenk, um den Hals oder am

Ohr tragen und vergessen kann, sobald die Reise auf dem Weg des Lebens weiter geht. Dein Geschenk aber, Mirsal, hat mir schlaflose Nächte bereitet und mich, wenn ich allein war, in meiner Ruhe gestört.

Ich nahm das Papierbündel und suchte einen Ort, an dem ich es vor Motten, Fliegen und neugierigen Händen sicher aufbewahren konnte. Jeden Morgen sah ich in der Schublade nach. Ich bewachte es wie der Geizhals sein Gold. Die Seiten fingen an zu vergilben und sind vom Zahn der Zeit angenagt worden. Ich habe sie in den hintersten Winkel der dunklen Schublade geschoben, aber die Motten haben das Versteck entdeckt und sich über sie hergemacht. Da hat auch alles Lüften nichts mehr genützt. Nun liegen deine Blätter zerfressen und altersschwach vor mir. Diese Blätter sind das Resümee jener kostbaren Zeit, die wir unbeschwert und in Freiheit gemeinsam verbracht haben. Sie enthalten deine heissen Tränen und das Licht deiner Augen aus schlaflosen Nächten, Mirsal!

Warum hast du sie mir gegeben?

Alle haben die Farbe deiner Augen vergessen. Sogar deine Mutter hat aufgehört, auf den Klang deiner Schritte auf dem Kiesweg vor dem Haus zu horchen. Auch sie ist der Macht der Zeit unterworfen. Sie hat angefangen zu vergessen und sich an ein Leben ohne dich gewöhnt. Sie wartet nicht mehr darauf, dass über ihrem Haus die Sonne aufgeht, wie sie es früher jeden Morgen getan hat. Der Südwind hat deinen Namen aus der Chronik des Dorfes geweht und unsere Fussspuren auf den schmalen Wegen und auf den nächtlichen Dächern im Mondlicht getilgt.

„Wir haben zugesagt!"

Dieser Satz brachte Nadschla aus der Fassung und liess ihr keine Ruhe mehr. Mit Papier und Stift lag sie auf dem Bett und versuchte, ihre Verstörtheit in schwarze Buchstaben zu fassen:

Lieber Kamal!

Sie haben zugesagt. Meine Mutter, mein Vater, meine Brüder, alle im Dorf sind einverstanden. Sie alle haben Salim gesagt: „Nadschla wird deine Braut."

Ein einziger Satz entscheidet über den Verlauf des Lebens, und ich füge mich. Ich, Kamal, das Mädchen, das Dein Herz unter allen anderen im Dorf ausgewählt hat.

Als Du mir damals Deine süssen Worte vor die Füsse gestreut hast, konntest Du da ahnen, dass sich diese Worte in tödliches Gift verwandeln und mir das Leben zur Hölle machen würden? Deine Worte haben den Schatten des Todes über mein Leben geworfen. Sie haben bewirkt, dass ich schon bald bei lebendigem Leib begraben werden soll.

Heute abend wollen sie in unserem Haus zusammenkommen. Es wird ein böser Abend für mich werden. Sie werden das gute Essen geniessen, sich gegenseitig beweihräuchern und die Vergangenheit und die Zukunft zerreden. Und dann werden sie mich an den Rand des Abgrundes führen. Ich werde heute nacht viel weinen, Kamal. In meinem Innern wird meine Stimme laut brüllen. Die Nerven und das Herz wird sie mir zerreissen, aber ich werde niemandem erlauben, mich zu hören. Nicht einmal meine Mutter, die mich neun Monate lang in ihrem Leib getragen hat, neben deren Herz mein Herz neun Monate lang geschlagen hat, wird meine Stimme hören. Meine Mutter wird mich nicht hören können, weil sie sich die Ohren mit Kalkbrocken zugestopft hat, als ich mit meinem ersten Schrei ihre Stummheit übertönt habe, damals, als ich mich von ihr gelöst und damit angefangen habe, die nächste Generation zu sein.

Aber die Winde, die über unser Haus wehen, werden das Echo meiner Stimme weit fort tragen, in die Zukunft zu unseren Kindern und Enkeln.

Dieser Brief enthält die letzten Worte, die mein Herz bewegen, denn heute abend werde ich mit ihnen gemeinsam dieses Herz lebendig begraben, Kamal!

Von heute nacht an bin ich Salims Braut. Dann werde ich seinen Ring am Finger tragen und eine kalte eiserne Kette um den Hals. Bald werde ich seine Frau sein. Seine Arme werden sich jeden Abend um mich legen, ich werde mich vor ihm niederbeugen und ihm mit warmem Wasser die Füsse waschen, werde ihm mittags die Suppe kochen und süssen Kaffee mit Kardamom. Ich werde seine Kinder austragen und mit den Früchten meines Leibes sein Haus füllen. Ich werde mir selbst die Haut abziehen und daraus undurchdringliche Mauern bauen, die sein Leben sichern und sein Herz beschützen.

Hör mir gut zu, Kamal, und öffne mir Dein Herz weit wie an dem einen Abend. Niemand ausser Dir wird diese Angstschreie hören, mit denen ich um Hilfe rufe, bevor der bodenlose Abgrund mich verschlingt.

Liebst Du mich wirklich?

Hast Du Kraft genug, um meine Liebe zu Dir aufzunehmen? Dann verlasse das Dorf und bewahre unsere Liebe. Die Zeit wird über unsere Gesichter streichen. Darum habe ich Angst davor, dass wir uns irgendwann einmal begegnen, dass Du mich siehst, aber mich kaum wiedererkennst. Ich will nicht, dass wir einander fremd werden in der Welt unserer Liebe.

Deshalb bitte ich Dich fortzugehen, damit ich Dich jeden Abend zu mir rufen kann und Deine Liebe als warmes Schloss in meinem Herzen bestehen bleibt, zu dem ich jederzeit Zuflucht nehmen kann, immer wenn mein Mann seine Arme um mich legt und meine Lippen mit seinen Küssen beschmutzt.

Meine Lippen werden den Geschmack Deiner Lippen bewahren, und mein Herz wird immer das Brandmal tragen. Mein Herz wird vernarben wie die Körper der Leute, die durch Ausbrennen von einer Krankheit geheilt worden sind. Die Symptome verschwinden, aber die Brandmale behalten sie das ganze Leben lang.

Deine Liebe ist keine Krankheit. Sie war der Hauch des Lebens in meinem Leben. Sie war mein ganzes Leben. Einmal sind wir uns begegnet, Kamal, und diese Begegnung lebt in mir. Sie begleitet meine Seele, und ich werde sie hüten wie mein Augenlicht.

Um unserer Liebe willen bitte ich dich fortzugehen.

Über das tränenfeuchte Papier gebeugt, las Nadschla den Brief noch einmal durch und küsste ihn. Dann knüllte sie das Blatt zusammen und hielt es fest in der Hand gepresst.

Kurz vorher hatte Hanne das Haus mit Umm Hanis Auftrag verlassen: „Gib ihnen unsere Zusage!"

Und Hanne war so eilig hinausgelaufen, dass sie sogar vergessen hatte, die Tür hinter sich zu schliessen. Vom Erfolg ihrer Bemühungen beflügelt, hasteten ihre Füsse den Weg entlang. Ihre Lippen umspielte ein bösartiges, verschlagenes Lächeln, und sie kostete den Geschmack des Triumphes aus, der ihr auf der Zunge lag.

Ohne ihre Zimmertür auch nur einen Spaltbreit zu öffnen, hatte Nadschla alles mitverfolgt. Sie hatte gelernt, jedes Geräusch, jede Bewegung zu deuten. Sie kannte jeden Tonfall, den die Stimme ihrer Mutter annehmen konnte, und hörte am Klang der Schritte, wer das Haus betrat oder verliess. Sie drehte und wand sich und suchte nach einem Schlupfloch, durch das sie ihrem Geschick entrinnen und die bittere Wirklichkeit vergessen könnte. Aber sie fand nichts als Stift und Papier, um ihre Gemütserregung loszuwerden.

Zunächst hatte sie mit dem Gedanken gespielt, ihren Eltern einen Abschiedsbrief zu schreiben. Sie wollte ihn auf ihr Bett legen und fliehen. Aber wohin? Und was war mit Kamal?

Sie hatte ihn seit jenem Abend nicht mehr gesehen. War er bedroht worden? Hatte er Angst vor Hani, ihren anderen Brüdern und Cousins?

Kamal, was ist geschehen?

Ihre Hand folgte dem Stift, der ihren Gedanken und Gefühlsaufwallungen voraus über das Blatt flog. Die Zeilen verschwammen hinter ihren Tränen. Auf einmal hörte sie Schritte, die sich ihrer Zimmertür näherten. Da zerknüllte sie das Blatt, hielt es erst in der Hand, steckte es dann schnell in den Ausschnitt ihres Kleides und nahm sich vor, den Brief zu verbrennen.

Die folgende Stunde verbrachte sie vor dem Spiegel und redete sich Mut zu: „Spiel deine Rolle, Nadschla. Zieh dein schönstes Kleid an und frisier dich sorgfältig. So, diese Locke muss in die Stirn gezogen werden. Deine Wangen sollten rosig aussehen, reib sie mit einer Erfrischungscreme ein. Du bereitest dich darauf vor, deinen Bräutigam zu empfangen. Na los, Nadschla. Dein zukünftiger Ehemann und Lebensgefährte heisst Salim. Ab morgen werdet ihr ein Leib sein.

Nur Mut, Nadschla, reiss dich zusammen.

Wo ist dein bezauberndes Lächeln?

Da, hörst du die Schritte? Jetzt kommt er mit seiner Mutter. Mit ihr wirst du zusammenleben, mit Umm Salim. Du wirst jeden Morgen früh aufstehen, du wirst ihr die Hand küssen und den Morgenkaffee bringen. Du wirst dich ihr unterordnen, weil sie seine Mutter ist und weil er ihr ergeben ist. Er gehört ihr, und darum wirst auch du ihr gehören. Durch dich wird sich ihr Besitz verdoppeln.

Wisch dir die Angst aus den Augen. Nimm den Khol-Stift. Streich dir ein wenig Parfum hinters Ohr.

Jetzt klopft er an die Tür. Dein Bräutigam ist da. Schnell, geh und begrüsse ihn.

Du musst deine Rolle gut spielen, Nadschla. Dein Leben hängt davon ab, wie gut du diese Rolle spielst."

Nadschla trat vom Spiegel zurück und ging zur Tür. Ihre Füsse fühlten sich bleischwer an. Es fiel ihr nicht leicht, von nun an die Gefühle auszuschalten.

Umm Hani blickte ihrer Tochter ins Gesicht. Sie sah nichts als rote Lippen und schwarz geschminkte Augen und freute sich.

„Nadschla hat sich zurecht gemacht. Sieh mal, Abu Hani, deine Tochter weiss, was Männern gefällt.”

Und mit einem zufriedenen Lächeln und einem Blick auf seine Frau, bei dem er sich womöglich an den eigenen Hochzeitstag erinnerte, erwiderte Abu Hani: „Sie schlägt eben ganz nach der Mutter!”

Nun waren sie alle fort. Auch der Sommer vermisste sie in diesem Jahr.

In dem Garten, der an Mirsals Haus grenzte, reiften üppige Trauben an den Weinstöcken. Die Beeren färbten sich rosig unter den Strahlen der Sonne, und die grünen Blätter breiteten ihr Zelt aus, um die kostbaren Früchte vor der brennenden Glut zu schützen. Die Ähren auf den Weizenfeldern waren der prallen Hitze ausgesetzt. Sie wurden gelb und neigten die Köpfe unter ihrer Last.

Die Sonne brannte auf die kleinen, einfachen Häuser nieder. Sie verfolgte die Menschen mit ihren heissen Geisseln, stach ihnen durch die weissen Kufijas hindurch in die Köpfe und verbrannte ihnen die Arme mit ihrem Feuer. Heldenhaft gingen die Fellachen hinaus in die Weizenfelder und nahmen dort den Kampf gegen die Sonne auf.

Ich stand am Rand eines der Felder, die ihre Flügel bis über den Horizont hinaus ausbreiteten. Blut rann mir von den kleinen, zarten Fingern über die Handflächen, tropfte auf die trockenen Baumstämme und schloss mit ihnen ein Bündnis der Zuneigung. Wenn ich die Augen hob, glitt mein Blick über die Köpfe der Schnitter. Mein Vater war darunter, ein paar Nachbarn und Freunde. Die Griffe der Sensen waren so heiss wie glühende Kohlen. Die Erde brannte unter ihren Fussohlen, und das Wasser in den Karaffen, die unter dem Wermut im Schatten standen, fing vor Hitze an zu brodeln.

Doch der Arbeitseifer der tapferen Männer wurde dadurch nicht geschmälert. Die Sensen wirbelten durch das Korn wie ein Sturm. Ihre Stimmen schreckten die Felder auf, die in trägem Halbschlaf dalagen. Kleine Kinder liefen barfüssig umher und tauchten die zarten Füsse in die Feuerbecken des Bodens.

Vereinzelt kamen im Sommer auch Fremde ins Dorf. Einige von ihnen waren ehemalige Dorfbewohner, die in der Stadt wohnten und jedes Jahr zurückkehrten. Dann schöpften sie mit vollen Händen Kraft aus den Quellen des Dorfes, die ausreichen musste, um ihre Seelen den Rest des Jahres hindurch zu ernähren.

Die Hitze allerdings vertrugen sie schlecht. Ihre Frauen gingen nur mit Sonnenschirmen aus dem Haus, die sie vor den heissen Küssen der Sonne schützen sollten. Sie hatten zu lange im Schatten gelebt und waren nun nicht mehr gegen die flammenden Liebkosungen gewappnet. Wenn sie eine kurze Strecke im Schatten der Maulbeer- und Paradiesbäume zurücklegten, bedeckten die Männer ihre welken Glatzen mit einem Taschentuch.

„Der Sommer ist eine geräumige Jahreszeit!" sagte Angelina, während sie ihre alte Matratze hinaustrug und auf die Steinbank legte. Dann liess sie sich darauf nieder, verscheuchte die Fliegen und zählte die Passanten.

Der Sommer ist eine geräumige Jahreszeit.

Die Dächer wurden zu Schlafzimmern, und über den schweissgetränkten Matratzen schlugen die Leute ihre Zelte auf. „Siehst du, Nadschla hat sich mit Salim gestritten. Man konnte ihre Stimmen ja bis in die hintersten Ecken hören."

Es war Saada, die das verkündete und damit der stetigen Bedrängnis im eigenen Herzen Luft machte.

Ein einziges Mal zogen die Klatschmäuler über Nadschla her. Dann verschwand sie hinter den Mauern der ehelichen Wohnung. Dieses eine Mal war sie schwach geworden und hatte die Maske fallen lassen. Danach legte sie sie resigniert wieder an, zog sie über wie eine zweite Haut, um darunter den Rest ihres Lebens zu verbringen.

Und Kamal verliess das Dorf. Nadschlas Brief hat er nie bekommen. Er hat nicht an ihre Tür geklopft, hat weder geschimpft noch gedroht. Er hat die blutende Wunde in seiner Brust verbunden und sich aus dem Staub gemacht. Die Stadt hat ihm in einem ihrer dunklen Schlupfwinkel Zuflucht gewährt, und er ist einer von denen geworden, die fremd durch die Strassen und verrauchten Gewölbe irren.

In diesem Sommer hatten wir einen Feriengast

zu Besuch. Er war sehr gesprächig und nahm, auch was heikle Themen betraf, kein Blatt vor den Mund.

„Warum halten Sie Muna im Dorf, Abu Samir? Ihre Tochter ist wie geschaffen für die Stadt. Gestern hat sie mir erzählt, was sie für Pläne hat. Muna ist ein ehrgeiziges Mädchen. Sie sollten sie mit Samir zur Schule schicken. Sie verbauen ihr die ganze Zukunft, wenn Sie ihr eine Weiterbildung vorenthalten."

In dem Moment betete ich ihn geradezu an. Ich umfing ihn mit tränenseligen Blicken. Stundenlang konnte er so weiter reden. Seine Stimme war Musik in meinen Ohren. Eine neue Sonne ging über dem Dunkel meiner Ratlosigkeit auf.

In der Stadt werden die Hemden nicht von Schweiss und Staub getränkt. Da bleiben sie immer blütenweiss. In der Stadt reisst man sich nicht die Hände und Füsse auf. Da brennt die Sonne nicht so heiss, und im Winter werden einem nicht die Glieder steif vor Kälte wie hier auf dem Land.

In der Stadt werde ich alle meine Sorgen begraben und von meiner Einsamkeit Abschied nehmen. Dort werde ich lernen, was Leben heisst. Ich werde Treppen erklimmen, die bis zur Sonne reichen.

Ich war jung und völlig ahnungslos. Ich hielt einen kleinen Eimer in der Hand, den ich in den Brunnen des Lebens werfen wollte, des grossen, lärmenden Lebens, so wie es in meiner Vorstellung existierte. Ich nahm den Eimer mit meinen wenigen Habseligkeiten, wischte die Abschiedstränen ab, die sich mit den Tränen meiner Eltern und Grossmutter vermischten, und stieg in den alten Wagen, der mich auf holprigen Strassen von meinem kleinen, glücklichen Dorf entfernte. Die Sonne verblasste, und die über den Dorfhimmel verstreuten Wolken entzogen sich meinen Blicken.

Auf einem grossen Platz, auf dem sich Schwärme von Händlern zwischen Schienen und den quietschenden Rädern der Eisenbahnwaggons drängten, spie der Wagen mich aus. Gierige Blicke starrten mich an und zerrten mir die Kleider vom Leib. Die Stadt streckte ihre Arme nach mir aus.

Mir war, als müsste ich ersticken. Am liebsten wäre ich davongerannt. Wie ein wildes Weib kam die Stadt auf mich zugekrochen. Das Haar fiel ihr über die entblösste Brust, sie griff nach mir, hielt mich fest und stiess mich in eines ihrer dunklen Löcher. Ich wurde ein weiterer Fleck auf ihrem von Pusteln übersäten Leib, ein Fragezeichen auf einer ihrer vielen Wölbungen und Falten.

Ich war jung und ahnungslos. Die Frau kam, rieb mir das Gesicht und verletzte mich mit frostigen Küssen. Sie registrierte mich als einen neuen abgeschnittenen Zweig, einen der vielen Zweige, die man von den Maulbeerbäumen und Eichen in den Bergen gerissen hat.

Hatte ich das Dorf wirklich verlassen, um mehr Wissen zu erlangen? Warum tobte dann der Sturm weiterhin in meiner Brust und zerrte an meinen Nerven?

Ich ertrank in einem Meer von Büchern. Mit weit aufgesperrten Ohren schluckte ich die Weisheit, die uns von ehrwürdigen Lehrern vorgesetzt wurde. Ich riss die Augen auf, um ihre Mienen und Sichtweise in mir aufzunehmen und von ihrer Erfahrung zu lernen. Aber sobald ein Buch seine Bedeutung für mich verlor, erstarb das Strahlen in meinen Augen, und an seine Stelle trat Unwissenheit. Dann irrte ich wieder umher in den Meeren meiner Träume.

Ich fing an, zu den Büchern Zuflucht zu nehmen, um meine Ratlosigkeit, meine Verlorenheit und meine drängende Sehnsucht nach dem grossen Unbekannten zu vergessen, dem Phantom, das ich geschaffen hatte, um damit meine Einsamkeit abzutöten.

Mein Herz zieht sich zusammen vor Schmerz und Wut, wenn ich an diese verlorene Zeit zurückdenke, wenn ich zum Beispiel daran denke, wie die Klassenkameradinnen mich meiner Erfolge wegen bewunderten und die Lehrer stolz auf mich waren, als ich die Abschlussprüfungen mit Auszeichnung bestanden hatte.

Ich konnte die reifen Früchte meiner Anstrengungen pflücken. In Anerkennung meines Lerneifers erntete ich Auszeichnungen. Ich ging unter im Meer ihrer Lobeshymnen, und ihre Stimmen verfolgten mich, bis die Zimmertür hinter mir ins

Schloss fiel. Da warf ich die Urkunde auf den Boden und trampelte mit den Füssen darauf herum, um mich von dem Schmerz zu befreien, der an mir nagte. Ich konnte mich weder über die Auszeichnungen freuen noch vom Erfolg anspornen lassen. Ich sehnte mich nach zwei Armen, die mich zärtlich hielten, ich sehnte mich zurück nach der Kindheit, nach der Wärme im Schoss meiner Mutter und in der Erde unserer Felder. Ich wünschte, meine Zimmertür würde sich öffnen und der Prinz meiner Träume käme herein. Ich würde mich ihm in die Arme werfen und an seiner Brust alle Sorgen und Ängste vergessen. Manchmal sprang ich plötzlich ans Fenster und sah hinaus. Es hätte ja sein können, dass er gerade in dem Moment unten auf dem Platz vorbeiging.

Und was willst du jetzt tun, Muna?

Wieder stellte sich mir dieselbe Frage, mit der ich an jeder Weggabelung konfrontiert wurde. Was würde ich tun?

Ich wusste es nicht. Ich wusste überhaupt nichts. Die Zukunft zog als ungreifbare Wolke am Himmel meines Lebens vorüber.

Ich erinnere mich gut an diese Momente, denn ich verfalle auch heute noch manchmal in diesen Zustand, in dem mir Leere, Flucht und Schmerz in den Ohren brummen und ich in Tagträumen und sehnsüchtigem Warten versinke.

Als ich damals aus meinen Träumen erwachte, raffte ich meine Kräfte zusammen und lief los durch die langen, trostlosen Strassen der Stadt, um mir eine Arbeit zu suchen, in die ich mein Blut und meine Lebenssäfte fliessen lassen würde.

Liebe Muna,
gerade habe ich etwas Zeit, Dir von hier aus meinem selbstgewählten Exil zu schreiben. Das ist die einzige Gelegenheit, mit mir allein zu sein. Ich habe so lange nicht mehr geschrieben, dass ich schon fast die arabische Schrift vergesse, diese schönen Buchstaben, mit denen ich früher seitenweise Papier gefüllt habe. Meine Blätter von damals, erinnerst Du Dich? Wo mögen sie wohl mittlerweile sein? Wenn sie noch immer in Deiner Schublade liegen, Muna, dann verbrenne sie bitte!

John ist noch im Geschäft, und die Kleinen schlafen. Ja, Muna, ich habe drei Kinder. Morgens zwitschern sie wie die Distelfinken und drängen sich mit mir zusammen in diesem engen Käfig.

Ach, wenn meine Kleinen auf den Wiesen, in den Weizenfeldern und Weinbergen aufwachsen könnten!

Doch was nützt das Jammern.

Ich schicke Dir kein Foto von mir, damit Du die Mirsal von heute nicht siehst. Es ist besser, wenn ich Dir als schwärmerische Phantastin zwischen den Weinstöcken in Erinnerung bleibe, die von den freien Winden lebt und die Lieder des Lebens singt. Hier ist alles ganz anders, Muna, sogar gesungen wird anders.

Du wirst Dich sicher fragen, warum ich nach so langem Schweigen schreibe. Nun, mit diesem Brief will ich einen neuen Anfang versuchen. Er ist der Schlüssel zu einem neuen Leben, das ich bisher weder im Dorf noch hier im Ausland kennengelernt habe.

Fast höre ich Dich fragen: Und Radschi?

Warte es ab, meine Liebe.

In diesem Land sind die Entfernungen gross, und Radschi wohnt nicht in unserer Nähe. So habe ich lange Zeit nur gewartet und meine Träume zärtlich gehütet. Radschi hat mit mir im Haus gelebt und mich durch alle Etappen meines Lebens begleitet. In der Hochzeitsnacht war er an meiner Seite, und jedesmal, wenn ich ein Kind geboren hatte, kam er auf mich zu, gab mir einen Kuss auf die Stirn und drückte meine Hand. Immer, wenn ich allein war, bin ich in die Vergangenheit zurückgekehrt, bin mit Dir durch die Obstgärten gelaufen und habe Radschis Augen vor mir gesehen.

Und jedesmal hat mich die Stimme der anderen Frau aus meinen Träumen gerissen, der anderen Mirsal, die hier lebt, die John sein Essen kocht, ihm die Socken stopft, die Kleider wäscht und seine Kinder zur Welt bringt. Und der gute, liebe Johnny hat von alledem nie etwas gemerkt. Er ist Geschäftsmann, hat ein reines Herz und keine Phantasie. Seine Mutter hat ihm beigebracht, wie man mit Geld umgehen muss, und so hat er sein ganzes Leben dem Geld geweiht und schöpft seine Kraft aus seinen vollen Kassen.

Gestern morgen nun rief eine Freundin von uns an, um John und mich zum Abendessen einzuladen, zusammen mit ein paar anderen Gästen aus der „alten Heimat".

Und weisst Du, wer da war? Radschi!

Radschi mit einer blonden Frau, die unsere Sprache nicht spricht. Beinahe hätte ich aufgeschrien und wäre rückwärts wieder hinausgegangen, wenn Johns Hand nicht auf meinem Arm gelegen und mich festgehalten hätte. Ich bin auf Radschi zugegangen, habe ihm die Hand geschüttelt, seine Frau kennengelernt und habe in seinen Augen unsere alte Geschichte gesucht, aber eine Wand aus Eis hat mich abprallen lassen. Die Träume sind eingestürzt und mir vor die Füsse gerollt. Ich konnte die Steine förmlich fallen hören. Ich musste mich umsehen, um mich zu vergewissern, dass die anderen Gäste nicht herbeieilten, um die Steine aufzusammeln und den Teppich vom Staub zu reinigen, den sie hinterliessen.

Dann habe ich mir Radschi noch einmal angesehen. Er hat sich sehr verändert, Muna. Er ist nicht mehr der Junge, den ich im Dorf gekannt habe. Der Wohlstand macht sich an seiner Leibesfülle bemerkbar. Sein Bauch ist richtig rund geworden, und sein Haar hat sich gelichtet. Seine Wangen sind erschlafft, und seine Augen haben ihren Glanz verloren. Sogar seine Stimme hat sich verändert. Ich sah und hörte einen völlig fremden Menschen, dem ich gestern zum ersten Mal in meinem Leben begegnet bin.

Allmählich bin ich aus meinem Traum erwacht. Ich habe angefangen, meine Empfindungen wahrzunehmen und die Wunden der Enttäuschung in meinem Herzen einzubalsamieren. Ich habe festgestellt, dass Radschi sich ganz und gar der blonden Frau verschrieben hat. Diese Frau hat ihm damals als einsamem, fremdem Einwanderer in ihrem Haus und Herzen einen Platz eingeräumt. Sie hat ihn zärtlich in die Arme genommen, seine Bedürfnisse gestillt und ihm ein grosses Geschäft eröffnet. Ein übriges hat die Zeit dazu getan. Sie hat ihn in den neuen Rahmen hineinwachsen lassen. Nachdem er einmal den Geschmack des Glücks und Erfolges kannte, hat ihn die Unruhe gepackt. Die Angst, die Zeit könnte ihn wieder ins Dorf zurückbefördern, hat ihn vorwärts getrieben. Radschi war auf der Flucht, und ich konnte den Staub sehen, den er auf dem Weg aufwirbelte. In einer dichten Wolke war er verschwunden. Nun bin ich plötzlich gestern hinter der Wolke aufgetaucht und habe seine Unruhe von neuem wachgerufen.

Ich bin jetzt eine reife Frau, Mutter von drei Kindern und treue Ehefrau. Ich bin nicht mehr das halbwüchsige Mädchen zwischen Weinbergen und Olivenhainen. Ich habe nachgedacht, Muna. Meine Liebe zu Radschi ist damals im Dorf entstanden, und sie ist dort geblieben, in den Staubkörnern, die das Wadi und die Wege zwischen den Feldern bedecken.

Es war mein Fehler, dass ich versucht habe, die Zeit aus ihren Grenzen herauszuziehen und die Träume zur Wirklichkeit zu machen.

Vielleicht hat Radschi mich ebensosehr geliebt wie ich ihn, aber unsere Liebe war gebunden an jene Zeit und jenen Ort. Jetzt sind wir beide im Feuer der Fremde geschmolzen, und jeder von uns hat eine Menge Erfahrungen gemacht und einen Teil seiner Träume verwirklicht. Wenn der Brief meine Stimme aufnähme, könntest Du jetzt mein Lachen und die Ironie heraushören.

Ich lache über eine Frau, die versucht hat, das ganze Leben lang halbwüchsig zu bleiben, in Träumen und Luftspiegelungen zu leben und ihre Kinder mit Milch grosszuziehen, die nicht über dem Feuer des Lebens gekocht ist.

Ich habe Dich einmal gefragt, ob die Liebe sterben kann, Muna. Du hast mir damals keine Antwort gegeben. Nun gebe ich Dir die Antwort: Nein, die Liebe stirbt nicht. Die Liebe ist ein Bündel von Zauberbändern, die von den Türmen des Lebens herabhängen, und jeder von uns bekommt hin und wieder das Ende eines Bandes zu fassen. Stürme kommen auf und spielen mit den Bändern. Dann werden die Menschen zu Marionetten, die im Wind baumeln. Die Herzen schlagen ihnen bis zum Hals, liebestoll hängen sie am Ende des Bandes und warten darauf, dass es ihnen aus den Händen gleitet oder zerreisst.

Die Liebe durchdringt uns, spielt mit unseren Seelen und begleitet uns zeitweise durch unser Leben. Aber auch wenn ihre Bänder uns aus den Händen geglitten sind, so bleibt, wer einmal im Feuer der Liebe verglüht ist, doch sein Leben lang ihr Sklave. Wir leben, solange wir an dieser Zauberschnur hängen und solange ihre Energie durch unsere Herzen fliesst. Nur verfehlen die Energieströme manchmal ihr Ziel und ergiessen sich ins Endlose.

Die Liebe in meinem Herzen ist nicht gestorben, Muna. Die Liebe war die erste Lehrmeisterin, die mir die Augen geöffnet hat, und sie wird die letzte Gefährtin bleiben bis ins Grab.

Als ich gestern abend vor Radschi stand, habe ich gehört, wie das Band zerrissen ist, aber die Zauberschnüre bleiben weiterhin mit meinen Blutbahnen verbunden.

Heute bin ich eine reife Frau. Über Nacht bin ich erwachsen geworden. Ganz plötzlich bin ich aufgeschossen wie ein Pilz. Und in dem Reifeprozess habe ich vieles hinter mir gelassen, das wichtigste davon ist der Ernst, mit dem ich das Leben immer betrachtet habe, insbesondere die ungewisse Zukunft. Wir haben immer in der Zukunft gelebt. Erinnerst Du Dich noch an unsere Gespräche über die Zukunft, Muna?

Hier, wo die Menschen im Augenblick leben,

ihn meisterhaft beherrschen, ihn verherrlichen, habe ich weiter in der Zukunft gelebt. Die Zukunft blieb grösser als die Gegenwart und der Traum grossartiger als die Realität – bis zum gestrigen Abend.

Nun bin ich ausgereift.

Ich bin realistisch geworden.

Ab heute bin ich nicht mehr Mirsal.

Und falls ich in Zukunft in unser Dorf zurückkehren sollte, in die Arme meiner Mutter, dann werde ich sein wie die Touristen, die einmal den Orient sehen, seinen Zauber und seine Mysterien kennenlernen wollen. Der einzige Unterschied zwischen ihnen und mir besteht darin, dass ich weiss, wie ich auf dem kürzesten Weg über die Brücke komme.

Ich höre den Schlüssel in der Tür. John kommt nach Hause, dann muss ich jetzt das Abendessen auf den Tisch stellen.

Leb wohl!

Mirsal

Mehrere Jahre sind seither vergangen, während derer ich ununterbrochen gearbeitet habe. Mein Denken ist zusammengeschrumpft und konzentriert sich vollständig auf meine Hände, besser gesagt auf meine Fingerspitzen. Mein gesamter Ehrgeiz, alle meine Zukunftshoffnungen haben sich über die Tasten der Schreibmaschine ergossen, in die schwarzen Zeilen, die mir der Direktor der Firma diktiert.

„Ein Eilbrief, Fräulein Muna ..."

„Was für Telegramme sind heute eingegangen, Fräulein?"

„Wie steht es mit meinem Termin beim Minister?"

Die Stimme des Direktors und das Klappern der Maschine machen mein Leben aus, mein ganzes Leben. Sie sind die Schnur, die mich mit der Welt verbindet.

Ausserdem ist da noch eine Stimme, mit der ich in meinem kleinen Zimmer zusammenlebe, die Stimme meiner Nachbarin. Wenn sie am frühen Morgen mit dem Milchmann auf der Strasse zu feilschen anfängt, wache ich auf. Anschliessend ist der Gemüsehändler an der Reihe und dann der

Stoffverkäufer. Ihr Geschrei nimmt kein Ende. Es erinnert mich an das Krakeelen der Nachbarinnen im Dorf.

Jahrelang habe ich nicht mehr an unser liebes, friedliches Dorf gedacht. Warum gehe ich eigentlich nicht dorthin zurück? Dann hätte dieses Exil und diese Einsamkeit, die mich innerlich auffrisst, endlich ein Ende.

Der Gedanke kam mir wie eine Eingebung. Bereits am nächsten Morgen flog ich zum Dorf. Plötzlich hatte mich eine überschäumende Sehnsucht gepackt, deren Hitze mir durch alle Adern bis in die Fingerspitzen pulsierte.

Ich stellte mir vor, das ganze Dorf würde aus den Häusern gelaufen kommen, um den heimkehrenden Vogel zu begrüssen, was die Sehnsucht in meinem Herzen noch mehr schürte.

Still und ruhig lagen die lieben kleinen Häuser da.

Am Eingang des Dorfes kamen ein paar Kinder angelaufen, um zu sehen, welcher neue Gast in dem fremden Wagen zu ihnen käme. In der Hoffnung, eines von ihnen wiederzuerkennen, sah ich mir die Gesichter an, doch diese Hoffnung wurde enttäuscht.

Umm Ilias trat ins Freie, um zu sehen, was es für Neuigkeiten gäbe. Als sie mich sah, verschwand sie im Haus und zog die alte Holztür hinter sich zu. Umm Ilias, unsere Nachbarin, kannte mich nicht mehr!

Meine Grossmutter blickte mir lange ins Gesicht. Die ganze Familie umringte mich, um mich anzuschauen. Dann wandten sie sich alle von mir ab, oder so kam es mir zumindest vor. Die Zeit hatte Mauern zwischen uns errichtet, die uns voneinander trennten.

Ihre Stimmen erreichten mich von ferne über Jahre der Entbehrungen und Sehnsüchte hinweg. Das Dorf war noch so, wie ich es verlassen hatte, aber ich hatte mich sehr verändert.

Der Empfang, den sie mir bereiteten, war wie ein Schlag ins Gesicht. Sie begegneten mir ablehnend und zurückhaltend. In dem Moment, in dem ich aus seinem Leben verschwunden war, um meinen Fuss auf fremden Boden zu setzen, hatte das Dorf mich ausgestossen. Ich ging hinaus zur Steinbank, wo ich einen Grossteil meiner Kindheit verbracht hatte, stellte mich darauf, um einen Blick über die schmalen Wege zu werfen, die ich während meiner Abwesenheit mit imaginären Rubinen und Smaragden besetzt hatte, und sie hielten mir wieder ihre Geschwulste und die schlammige Erde vor Augen, deren Spalten Steine und Abfälle bargen.

Meine Augen fielen auf die düsteren, verfallenen Mauern. In meinem Herzen lebten diese Häuser marmorverziert, und nun sah ich sie von Staub, Russ und Mist überzogen.

Ich spürte, dass das Dorf meinen Namen aus seinen Registern getilgt hatte, ebenso wie die Namen Mirsal, Kamal, Radschi und viele andere.

Da lief ich zum Wagen und floh vor den Schlägen, die das Dorf mir versetzte. Auf der gewundenen Strasse, die mich einmal über den Horizont meiner Träume geführt hatte, kehrte ich wieder zurück.

Bevor ich den Augen des Dorfes entschwand, blieb ich stehen und warf ihm zum Abschied einen letzten Blick zu. Die Zügel glitten mir aus den Händen, und ich fühlte mich endgültig als Spielball zwischen einer Stadt, die mich zugrunde richtet, und einem Dorf, das mich verleugnet.

Ich stand da und streckte die Arme in den Wind, eine verstörte Heldin in der Arena des Existenzkampfes, ein Fragezeichen auf der Stirn des Erdballs.

NACHWORT

„Ihr Buch *Septembervögel* ist eine kunstvolle Schilderung des libanesischen Dorfes in seiner ganzen Mannigfaltigkeit. Ohne Ihre Verbundenheit mit dem Dorf, und dann natürlich ohne Ihre ausgeprägte Feinfühligkeit, Ihren sicheren Geschmack, Ihre genaue Beobachtungsgabe und Ihr tiefes Empfinden für sprachliche, menschliche und ästhetische Werte wäre Ihre Darstellung des Dorfes nicht so aussergewöhnlich, wie sie es ist. In Ihren Zeilen lebt das Dorf mit seinen Häusern und Gassen, seinen Kirchen, Weinbergen und Feldern – ein Leben, eingebettet in die Jahreszeiten, Tag für Tag, Jahr um Jahr.

Eindrucksvoll wird Ihre Schilderung auch durch Ihre Fähigkeit, sich in das Gemüt der Dorfbevölkerung einzufühlen, ihre langsamen oder raschen Reaktionen auf die Entwicklungen dieser Zeit zu verstehen, die unwiderstehlich aus der Stadt auf sie eindringen. All das leisten Sie, ohne dass der Leser auch nur im entferntesten etwas Unechtes oder Künstliches bei der Schilderung von Ereignissen und Personen spürt. Es ist, als ob sich das Bild selbst zeichne."

Diese Sätze schrieb nach dem Erscheinen der

Septembervögel 1962 eine der markantesten literarischen Persönlichkeiten im Libanon des zwanzigsten Jahrhunderts, der damals schon über siebzigjährige Michael Nuaima. Er, der schon vierzig Jahre zuvor Erzählungen über das libanesische Dorfleben verfasst hatte, zeigt seine Begeisterung für das Erstlingswerk einer jungen libanesischen Autorin.

Emily Nasrallah (geb. Abi Raschid) wurde am 6. Juni 1931 in einem südlibanesischen Dorf namens Kfeir in eine christliche Familie geboren. Nach dem Besuch der Dorfschule wechselte sie auf das Schweifat-Mädchen-College und studierte nach dem dortigen Schulabschluss Erziehungswissenschaften an der Amerikanischen Universität in Beirut, wo sie im Jahre 1958 mit dem Bachelor of Arts abschloss. Während ihrer Studienzeit arbeitete Emily Nasrallah als Sekundarlehrerin. Diese Tätigkeit gab sie auf, als sie 1957 den Chemiker Philip Nasrallah heiratete, der als selbständiger Geschäftsmann arbeitet. Ihre anderen Tätigkeiten jedoch, Mitarbeit an mehreren Zeitungen und Zeitschriften, führt Emily Nasrallah, auch trotz ihrer vier Kinder, bis heute weiter. Und sie hat, neben dieser journalistischen Arbeit, mehrere Romane und Erzählungssammlungen veröffentlicht; für einige davon erhielt die Autorin literarische Auszeichnungen.

Septembervögel ist Emily Nasrallahs erster Roman. Er hat in der libanesischen Presse eine Flut positiver bis begeisterter Reaktionen ausgelöst. Hier wurde das literarische Werk einer Frau begrüsst, die sich bei aller Kritik doch auch voll Sympathie mit ihrer libanesischen Umgebung auseinandersetzt. Nicht Verherrlicherin, aber doch Dichterin des libanesischen Dorfes sei sie, und es wurde hervorgehoben, dass Emily Nasrallah wohl als erste Frau sich mit den Problemen der Frauen im libanesischen Dorf befasst und dabei zeigt, welche Lebensmodelle für Frauen hier möglich sind.

Mit *Septembervögel* begann Emily Nasrallah ihr literarisches Werk, das bis heute, abgesehen von einigen Abhandlungen und Kinderbüchern, aus fünf Romanen und vier Erzählungssammlungen besteht.

Emily Nasrallah schloss sich mit ihrer literarischen Tätigkeit der Tradition schreibender Frauen im Libanon an, die bis ins letzte Jahrhundert zurückreicht und mehrere bürgerliche Frauen aus meist christlichen, aber auch muslimischen Familien umfasst, die teils literarisch, teils journalistisch und oft auch gesellschaftspolitisch und feministisch tätig waren. Warda al-Jasidschi (1838–1924), Sainab Fawwas (1850–1914), Labiba Haschim (1882–1952), Dschulija Tuma Dimaschkija (1883–1954), Majj Sijada (1886–1941) und Habbuba Haddad (1897–1957) sind nur einige Beispiele von Frauen, die in Salons, in Zeitschriften, auf Kongressen und in heute meist vergessenen literarischen Werken Frauenanliegen vertraten.

Noch in eine andere Reihe stellt sich Emily Nasrallah mit *Septembervögel* und ihren später folgenden Werken. Es ist die Reihe solcher, seit den fünfziger Jahren immer häufiger erschienener Romane, in denen meist Autorinnen, mitunter jedoch auch Autoren, eine Frau zur Hauptfigur machen.

Wahrscheinlich der erste und bis heute als bahnbrechend bekannte Roman dieser Art ist *Ich lebe* von der 1937 geborenen Laila Baalabakki. In diesem 1958 erschienenen Werk stellt die stark vom Existentialismus beeinflusste Autorin eine junge Frau dar, die sich immer aufs neue die Freiheit nimmt, gewisse Dinge nicht zu tun. Die daraus folgende Vereinsamung macht sie durch Überheblichkeit ihrer Umgebung gegenüber wett. Das Ziel ihrer Ablehnung ist die Familie; dort spürt sie den gesellschaftlichen Druck am unmittelbarsten. Doch die verschiedensten Befreiungsversuche führen schliesslich zu nichts.

Ein weiterer, erst 1972 erschienener Roman dieser Art ist *Tamima (Die Mühlen von Beirut)* aus der Feder des 1911 geborenen Taufik Jusuf Awwad. Darin wird die Geschichte einer jungen Frau geschildert, die aus einem südlibanesischen Dorf an ein Lehrerinnenseminar nach Beirut kommt und dort in der Grossstadt von der innenpolitischen Zerrissenheit und der aussenpolitischen Demütigung des Libanon erfährt. Während die zahlreichen Gruppen, in die die Gesellschaft aufgesplittert ist, sich bekämpfen oder doch keinen Konsens finden, wird das Land im Süden, und dann sogar in Beirut selbst von israelischen Flugzeugen bombardiert.

Noch einen Schritt weiter gehen dann diejenigen Romane, in denen Frauen im Rahmen des Bürgerkriegs dargestellt werden. So beispielsweise *Sitt Marie Rose* von Ethel Adnan, worin die Hinrichtung einer christlichen Lehrerin an einer Behindertenschule durch die Hand von Christen geschildert wird. Die Lehrerin im Buch hatte sich, wie ihr wirkliches Vorbild, für die Palästinenser eingesetzt. Oder der Roman *Sahras Geschichte* der aus dem Südlibanon stammenden Hanan al-Schaich (*1945), der wegen seiner Direktheit und Offenheit in einigen arabischen Ländern nicht vertrieben werden darf. Sahra ist eine junge Frau, die schon als Mädchen unzählige Erniedrigungen erlebt hat. Als sie dann in Beirut im Krieg einen Heckenschützen kennenlernt, hofft sie ein weiteres Mal. Doch der Mann nützt sie nur sexuell aus und erschiesst sie, als sie schwanger ist, hinterrücks.

In *Septembervögel* ist ein anderer, ein gedämpfterer Ton vorherrschend, wenngleich auch hier das Leiden von Menschen, meist Frauen, an den „Verhältnissen" gezeigt wird. Die Verhältnisse sind hier wie in den folgenden beiden Romanen, in *Der Oleanderbaum* (1968) und auch noch in *Das Pfand* (1974), ländlich; doch als Gegenpol dazu spielt die Stadt schon eine Rolle.

Das Hauptthema dieser ersten drei Romane

Emily Nasrallahs ist die Frage nach den Lebensmodellen, die einer Frau im libanesischen Dorf zur Verfügung stehen, wobei die Religion der Dorfbewohner nicht als wesentliches Element wirksam wird. Die Möglichkeiten sind begrenzt: Eine Frau kann mit dem Strom schwimmen, also tun, was von ihr erwartet wird. Sie kann sich auch verkaufen oder verkaufen lassen. Sie kann aber auch ermordet werden, weil derjenige, der sie wollte, sie aufgrund gewisser althergebrachter Regeln nicht haben darf. All das sind Möglichkeiten, für die der Roman *Septembervögel* Beispiele bietet.

Aber nicht nur dieser. Im *Oleanderbaum* wird eine junge Frau gezeigt, die sich erst den Plänen der anderen mit ihr fügt, dann aber Selbstmord begeht. Im Roman *Das Pfand* versprechen die Pächter bei der Geburt einer Tochter diese dem Grundbesitzer, in der Hoffnung, sich so ihr Dasein unter der Last der Schulden etwas erträglicher zu machen. Das Mädchen wächst unter der dauernden Beobachtung des Grundherrn, sozusagen als seine Kreatur, heran. Er will sie im wörtlichsten Sinn zu *seiner* Frau machen. Sie wird sogar auf die Universität geschickt, und das, nachdem sie vom Pakt ihrer Eltern mit dem Grundbesitzer erfahren hat. Ihre Liebe zu einem Mitstudenten kann sich so nicht entwickeln, und ein fester Halt ist nirgends mehr zu erhoffen.

So geht es auch, weniger unmittelbar an Personen gebunden, Muna im Roman *Septembervögel.*

Sie geht weg vom Dorf, durch das sie sich beengt fühlt, in die Stadt, in der sie nicht heimisch werden kann. Und als sie zurück ins Dorf kommt, weist dieses sie ab. Wenn also eine Frau lernen will, über den Horizont hinauszusehen, muss sie das Dorf verlassen. Doch dann will das Dorf sie nicht wiedererkennen, sie ist eine Fremde geworden.

Wenn Männer das Dorf verlassen, bleiben vertrocknete Erde, verdorrte Bäume und verkümmerte Herzen zurück. Mirsal, Munas Freundin im Roman, muss zwischen Körper und Seele trennen, weil Radschi das Dorf verlassen hat. Doch das Weggehen der Männer ist eine Tat, die akzeptiert, ja bewundert wird. Die Auswanderung, das ist eines der wesentlichsten Themen in der libanesischen Wirklichkeit. Von Männern wird das – in diesem und in anderen Romanen – erwartet. Der Mann geht hinaus aus dem Dorf und gewinnt. Anders die Frau, sie verliert. Und deswegen entscheiden sich die meisten Frauengestalten in Emily Nasrallahs frühen Romanen bei der Wahl zwischen Befreiung und Unterwerfung, zwischen dem Zerschlagen und dem Akzeptieren der Ketten für das jeweils Letztere, das passive Verharren. Wenn die Autorin sie aber ausbrechen lässt, wie Muna in *Septembervögel* oder Rania in *Das Pfand,* so finden sie keine neue Zugehörigkeit, sie bleiben irgendwo im Leeren hängen, fremd.

Seit dem Beginn des Krieges – oder der Kriege – im Libanon im April 1975 hat Emily Nasrallah zwei Romane und zwei Erzählungssammlungen (1) veröffentlicht, und ihre Themen und ihre Perspektiven haben sich verändert wie bei zahlreichen ihrer Schriftsteller-Kolleginnen (2). Nicht mehr der Gegensatz Dorf–Stadt sind bestimmend für den Blickwinkel der Romanfiguren. Der Krieg hat das Land im Leiden weitgehend „vereinigt", Bomben fallen auf Stadt und Dorf, und der ganze Libanon wird zu dem, was früher das Dorf war, der Ort, von dem man sich nicht ungestraft entfernt. Doch noch ein weiteres Mal ist auch hier die Perspektive umgekehrt worden. Die Emigration aus dem Land – und das bedeutet hier die Flucht aus der Lebensgefahr – wird jetzt für Männer und Frauen ähnlich gewertet. Wer sich in der Stunde der Gefahr absetzt, hat sein Recht auf Zugehörigkeit verwirkt, ist dem Land fremd geworden, auch die spätere Rückkehr kann daran nichts mehr ändern.

Das wird in *Diese Erinnerungen* (3) an einer Frauengestalt, in *Flug gegen die Zeit* an einer Männergestalt gezeigt. Beide, während der Bürgerkriegszeit fortgegangen, kommen nach Abflauen der Kämpfe zurück und können nur noch feststellen, dass das Land sie abweist – genau so, wie zuvor das Dorf die Frau abwies, die sich aus ihm entfernt hatte.

Bleiben, auch hier noch eine Umwertung, ist nicht mehr passives Verharren, sondern ein bewusster Akt, dessen Folgen tödlich sein können.

Und wer bleibt, das zeigen besonders Emily Nasrallahs Erzählungen aus dieser Zeit, das sind in erster Linie die Frauen, während die Männer sich aus dem tagtäglichen Leben absetzen. Miriam Cooke spricht in diesem Zusammenhang gar von einer „Feminisierung" der libanesischen Gesellschaft.

So ist durch die Vorgänge im Libanon bei Emily Nasrallah etwas Neues entstanden, die Vorstellung vom „aktiven Warten", welches allein Fremdwerden verhindern kann. Vielleicht dürfen diese Romane und Erzählungen auch als Hilferufe verstanden werden für die Erhaltung des Libanon. Wer Libanese oder Libanesin sein will, muss im Land bleiben.

Emily Nasrallah ist, im Rahmen der arabischen Literatur insgesamt, von ihrem Stil und von ihren Themen her eine durch und durch libanesische Autorin.

Hartmut Fähndrich

Anmerkungen

1) Die erst 1978 veröffentlichte Erzählungssammlung *Die Quelle* enthält fast nur Erzählungen, die vor Ausbruch des Bürgerkrieges verfasst wurden.
2) Vgl. dazu: Miriam Cooke, *Women Write War.* The Centring of the Beirut Decentrists (Centre for Lebanese Studies; Oxford 1978).
3) Auszüge aus diesem Werk in englischer Übersetzung sind zu finden in *Women and the Family in the Middle East* (hrsg. E. Warnock Fernea; Austin 1985), S. 183–190.

ARABISCHE LITERATUR IM LENOS VERLAG
Herausgegeben von Hartmut Fähndrich

Jachja Taher Abdallah, Menschen am Nil
Zwei ägyptische Novellen, 187 Seiten
Aus dem Arabischen von Hartmut Fähndrich und Irmgard Schrand

Laila Baalabakki, Ich lebe
Roman aus dem Libanon, 284 S. Aus dem Arabischen von Leila Chammaa

Salwa Bakr, Atijas Schrein
Roman aus Ägypten, 122 S. Aus dem Arabischen von Hartmut Fähndrich

Salwa Bakr, Die einzige Blume im Sumpf*
Geschichten aus Ägypten, 117 S. Aus dem Arabischen von H. Fähndrich

Salim Barakat, Der eiserne Grashüpfer
Geschichte eines kurdischen Kindes, 107 Seiten
Aus dem Arabischen von Burgi Roos Khalil

Edwar al-Charrat, Safranerde
Roman aus Ägypten, 261 S. Aus dem Arabischen von Hartmut Fähndrich

Driss Chraibi, Ermittlungen im Landesinnern*
Roman aus Marokko, 287 S. Aus dem Französischen von A. Tschorsnig

Ali Ghalem, Die Frau für meinen Sohn*
Roman aus Algerien, 272 Seiten
Aus dem Französischen von Agnès Bucaille und Susanne Thauer

Gamal al-Ghitani, Seini Barakat
Roman aus Ägypten, 401 S. Aus dem Arabischen von Hartmut Fähndrich

Emil Habibi, Der Peptimist*
Roman aus Palästina, 257 Seiten
Aus dem Arabischen von Hartmut Fähndrich, Angelika Neuwirth et al.

Emil Habibi, Das Tal der Dschinnen
Roman aus Palästina, 172 Seiten
Aus dem Arabischen von Hartmut Fähndrich und Edward Badeen

Sonallah Ibrahim, Der Prüfungsausschuss*
Roman aus Ägypten, 220 S. Aus dem Arabischen von Hartmut Fähndrich

Jussuf Idris, Die Sünderin
Roman aus Ägypten. 191 S. Aus dem Arabischen von Hartmut Fähndrich

Ghassan Kanafani, Bis wir zurückkehren
Palästinensische Erzählungen, 160 S. Aus dem Arabischen von H. Fähndrich